青春阅读　幸得相见

有爱的青春陪伴者

恋爱晴空一万里

森木岛屿/著

上海故事会文化传媒有限公司
上海文化出版社

·作者简介·

森木岛屿

| 小　花　阅　读　签　约　作　者 |

性子慢热，偶尔精分。喜欢阅读。
希望永远十八岁。永远写最温暖的故事。

代表作：《你不说话也很甜》《你见过仙女吗？会追你的那种》
《我大概是恋爱了吧》《明里暗里，我都喜欢你》

LIANAI
QINGKONG
YIWANLI

/

作者前言
喜欢就勇敢一点吧

长沙的天气，真的是有点“谜”。

马上六月份了，还是阴雨连绵，早上爬起来穿了件睡裙，刷了个牙又冷得不行，于是默默地爬回去加了个外套。还有，我晒被子的计划，从去年初冬已经拖到了今年初夏（我发誓，懒只是很小很小一部分原因）。哦，对，昨天晚上发现，我房间里的干花，大概仿佛似乎好像也许，有了小霉点。

在某个不太靠谱的朋友的支着儿下，为了除潮，我……吹了半晚上的空调。

呃，并没有什么用。

想念太阳。

最近在佛系减肥，之所以是佛系，主要是除了把晚餐换成水果以外，也没有什么实际行动了。

主要是，每次打算跑步的时候，就下雨了！（雨：这锅我不背！）

大概，这就是天意吧。[摊手]

不过，我的体重还是降下来了一丢丢！

感人！[螺旋暴风式哭泣]

森式国际惯例，讲一讲这个故事。

一直觉得，“久别重逢”是一个很有故事也很戏剧化的词。

你可以选择在重逢的时候，重新开始或者继续以前的关系，也可以选择很正式地跟过去告别。

跟朋友聊天的时候，听到了一个故事。

关于初恋，也关于暗恋，也关于久别重逢。

勉强算是这个稿子的原型，只不过，他们之间分开的时间比周染和徐璟还要久一些，大概有八九年吧。

也是那天晚上，我才知道，哦，原来喜欢一个人，哪怕时隔多年，再看到他的名字，收到他的消息，都会脸红心跳、忐忑紧张。

我才知道，喜欢到骨子里的人，是没有办法被时间淡化的。

我才知道——

哇！

现实里竟然真的有这么狗血的故事！（哈哈哈）

当然，他们的后续我不太清楚，或许，那一场偶遇之后再无交集。

又或者，明天我就收到他们的婚礼请柬。

总会，有一个交代的吧。

总之，珍惜当下，喜欢的人就勇敢一点去追，喜欢的事情就勇敢一点去做，没什么大不了的。

因为真的很有可能，差那么一点点，命运就彻底偏离了原本的轨迹。

我们都没有办法保证后来的结局，但至少，可以让自己多年以后再提起的时候，可以完全坦然面对，没有遗憾。

目录

Contents

目录

Contents

·第一章·

LIANAI
QINGKONG
YIWANLI

/

苦中作乐，还不要脸

01.

周染把自己卡在狗洞里了。

事情是这样的。

她搬来这边小区虽然还不到一周，自己跟邻居都还没能熟识，但是这并不妨碍她家的狗子已经跟附近的狗子打成了一片，并且似乎成功地跟一只小母狗陷入了热恋，然后每天在家酝酿着偷会小情人的计划。

今晚依然如此。

十分钟前，她追着自家的老色狗从楼上一路狂奔到这里，眼看着狗子从铁质栅栏门下边特意留出来的一小片洞里钻了进去，跟它的小情人各种你侬我侬。

她隔着门各种呼喊，它从头到尾看都不看她一眼。

她拍了半天门，里边也没人回应，她一低头看见栅栏门下边的小口子，然后默默地打量了下自己的身形，又看了眼周围，心里涌现出一个不太雅观的想法。

她咬牙，撸起袖子，又小心翼翼地解开左臂上吊着的绷带，试着活动了下肩膀。

很好。

健身千日，用在一时。

她弯下身子，吸气收腹提臀，然后以一个半趴的姿势往小洞里钻：

“狗崽子，看我今晚不把你抓回去炖了！”

——然后，她就被卡在这里了。

两只狗子看热闹不嫌事大，看着她自己在这儿挣扎折腾，居然双双狂吠起替她加油助威。

周染气得要死，拼命冲门内的两只祖宗比噤声的动作，生怕它们再吠下去把保安大叔吸引过来。

然而，狗子们叫得越发起劲了。

她绝望地捂了捂脸，只好想着先退出来再想办法。

然而，钻进去容易钻出来难。

她卡在小门洞里，一边把自家色欲熏心的狗子骂了个够，一边自我安慰。

她刚刚喊了那么半天也没人回应，虽然有点叫天天不灵叫地地不应的凄凉感，但至少不会倒霉到被人看见这么狼狈的样子。

她努力吸气吐气想办法脱身，同时也思考着要不要放下老脸打电话找人过来帮个忙。

周曳肯定是不行的，到时候肯定得被他录视频笑话一辈子。祝禾倒是可以，但是她赶过来应该还得一段时间。若找保安吧，自己大半夜的钻人家狗洞这事儿得解释半天，到时候搞不好再喊个警察啊消防队之类的，明天一早的头条标题她都想好了：震惊！××小区花季美少女深夜竟然做这事！

……

权衡了许久，她还是给祝禾打了电话。

苦中作乐，还不要脸。

这是周染跟祝禾简单说了情况之后，对方给她的八个字评价。

周染无所谓地笑笑，然后挂断电话。

大门“吱呀”一声，忽然被人从里边推开，她来不及抬头，整个人就以卡在门上的姿势随着栅栏铁门往后移动，直到双脚抵到后墙上，发出一声闷响，才停下。

“！！！”

“……”

虽然深夜钻别人家狗洞是不大对，但也不至于看着这么个大活人卡在门上，还当作什么都没看到，故意这么大力推门吧？

有点缺德啊大兄弟！

周染揉揉被震得生疼的脑袋，窘迫与不悦一起涌上来，抬头：“哎，你——”

话说到一半，她张了张嘴，忽地顿住。

大脑瞬间“嗡”的一声，失去了思考能力，陷入一片空白，连带着呼吸都有片刻的停滞，胸口似乎突然被人重重捶了一下。

几秒钟的对视，却漫长得仿佛过了一个世纪。

“深夜骚扰？”他率先开口。

大概刚洗完澡，头发没有吹干，额前还散着点零星的水渍，顺着发尾滴进灰色的睡衣里，整个人看着懒懒散散的，只有一双眼睛深沉又薄情。

绝对俯视的姿态，要笑不笑的样子，嘲讽味十足。

周染撞上他的眼睛，无意识地低嗤一声。

几年不见，他似乎还真是没什么变化。

回过神来，前几年那些乌七八糟的事情也紧接着涌入脑海。

无非也就是一段俗套又狗血的故事。

长话短说就可以简单归结为当下渣男语录里的两个字：爱过。

大一认识，互生好感，然后进入暧昧期。

他天生好皮囊，又是恣意的性格，身边从不缺女孩，也总跟谁都能说说笑笑开两句玩笑话，但是到了她这里，总会再格外照顾一些。

那句话怎么说来着？

对，像极了爱情。

也几乎被大家默认了情侣关系。

然而，还没等她把两个人的关系上升一个层面，连撕破脸的局面都没有，他突然一声不吭去了国外，自此音信全无，只剩下她这个绯闻女友在绯闻里“被”分手。

教科书式的撩完就跑，把她当陪跑青春的消费品。

渣男！

于是，纯洁的革命友谊没来得及不纯洁，就彻底翻了船。

这几年来，她也替他想过各种理由，什么突然身患绝症啊，突发车祸啊，突然弯了发现真爱另有其人所以要去国外结婚啊……

编得她自己都快信了。

却万万没想到，他还有再回来的一天。

也更是万万万万没想到，自己会在这儿跟他碰上。

周染仰头，冷冷地看了他一眼。

偶遇前男友，哪怕只是绯闻里的，最重要的是什么？

气势！

她梗了梗脖子，下意识起身同他对峙，脑袋“哐当”一声撞在门框上，没忍住痛呼一声，这才突然想起来自己还卡在门上。

不止姿态狼狈，妆容也是直接负分无法形容。

本想仗着气势同他对峙，噼里啪啦列数他的渣男行径，怼得他一句话都说不出来，踹他两脚再给他个过肩摔什么的，用实践给他展示下什么叫深夜骚扰扭头就走。

现在气势全无，取而代之的是无边无际的羞耻。

她抬头咬牙瞪了他半天，也只接了句“神经病”。

形势不占优势。

只能怪自己本命年犯太岁，她认了。

“神经病？”徐璟倒还挺有耐心，没打算就这么放过她，抬着嘴角笑了笑，居高临下，语气嘲讽，“深夜骚扰不成，被抓了个正着，恼羞成怒所以言语攻击，我能理解。”

周染：“……”这人怎么就这么不要脸呢？

她刚动了动嘴角，徐璟看出来她想说什么，很轻微地笑了声，然后不急不缓地侧过身，指了指院里的狗子。

她家那只不争气的蠢色狗正觍着脸追在人家狗子后边，一脸色眯眯地盯着人家的屁股，逮着机会就想凑过去嗅一嗅。

毫无节操。

周染脸颊有点发烫，自己又卡在门上动弹不得，一口气堵在胸口，气得咬牙。

“狗子随主人，你深更半夜爬我家狗洞，利用我对狗子的爱心，设计引我出来，用心和企图还不够明显？”

爱心？

呵呵。

周染气得胸口疼，看不下去他这副小人样，一时脑热，十分硬气地脱口而出：“那你有本事报警啊！”

“嗯？”

他也不恼，略一挑眉，像刚想起来似的拿起手机：“我觉得你这个提议不错。”

手机屏幕被按亮。

他真的解锁屏幕开始拨号，很简单的三个数字。

周染内心：“！！！”

一想到自己刚才想的那一堆明日头条的标题，再联想面前这家伙一贯的行事作风，她忽然就有些急了：“哎——”

他动作没停，悄悄扬了扬嘴角。

“徐璟！”

他收住手，嘴角的笑意越深，只一瞬间的工夫，转过头再看向她的时候又恢复板正的样子：“承认骚扰我了？打算私了？”

周染咬牙切齿，无奈自己眼下实在被动，只好压着脾气，强行扯出假笑：“我就是想进去喊我们家狗子出来，没别的企图，也不是故意要钻狗……进你家院子的。”

“还有呢？”

做人不要太过分啊我告诉你！

周染已经在暴走的边缘了。

“算了。”他总能在惹得她彻底崩溃的前一秒及时收手，“虽然你不好意思道歉，但我相信你知道自己错了，深夜骚扰异性……朋友，实在不是光彩的事情。”然后一副“我就勉为其难原谅你了”的样子。

周染：“……”神经！

但是，人在屋檐下，哪能不低头。

更何况她现在还不是在人屋檐下，而是在人家狗洞里。

她卡在这里，前后不能，还总要仰头看他，要多别扭有多别扭。

她一咬牙，给自己洗脑。

女子能屈能伸，女子报仇十年不晚，女子能忍天下之不能忍，故能为不能为之事。

“既然你心胸开阔，侠义心肠……”个屁！

周染违心地说着，又十分耻辱地指了指自己：“你能不能再帮忙搭把手？”

徐璟居高临下扫了她一眼，然后撑着膝盖，微微弯腰看着她笑，一字一顿：“求我啊。”

周染攥着拳头，保持微笑，从牙缝里挤出字来：“求你。”

然后，他就笑了。

低沉的笑声，很轻。

周染满怀期待地等他施以援手，甚至还想着，她愿意看在他良心未泯的份上，报复的时候给他留个全尸。

然后他就在她眼巴巴的注视下，直起身子，慢悠悠地收了手机，转身进了院子，毫不留情地轰走了她家的色狗。

周染看着自家那只叛徒夹着尾巴恹恹地出来，心里莫名有点痛快。她幸灾乐祸地喊它：“哈哈！哈哈哈哈哈！”

徐璟神色古怪地看向她。

“哈士奇，俗称二哈，小名哈哈，”周染没好气地剜了他一眼，“有毛病吗？”

他低嗤一声，没说话。

就在周染以为他终于要帮忙把卡在门上的自己弄下来的时候，徐璟垂眸落锁，牵着狗转身进了屋。

看都没看她一眼。

留下继续卡在门上的周染和自家蠢狗大眼瞪小眼。

？？？！！！

好。

我记住你了。

02.

从大门上挣脱费了不少工夫，周染押着自家狗子回去。

“嗯，你不用过来了……我怎么把自己拔出来的？当然是……”周染一低头，看见被自己强行用蛮力扯坏一大半的裤子，觉得这种事情讲出来实在太有损形象了，扯着嘴牵强地笑了一下，“这你就不用管了，山人自有妙计。”

周染对着电话继续叨叨：“英雄救美？放屁……小禾苗，有没有人跟你说过，脑残偶像剧看多了影响智商？”

……

跟祝禾又胡乱扯了几句，挂断电话，一人一狗刷卡进小区大门，周围安静一片。她等电梯上楼的时候，脑海里又不自觉浮现出徐璟的那张脸。

自大三那年他悄无声息地出国起，两个人几乎就没再联系过。

无声无息地走，又无声无息地回来。

这个人总这样，冰冷薄情，凡事都只随自己的意，毫无人情味。

她无意识地摩挲着手机，胡乱想着，皱了皱眉。

出了电梯，走廊的感应灯亮起，她深深吸一口气，收回思绪，把手机丢进衣兜里，然后找出钥匙准备开门。结果，猛地看见蹲在自家门口的人影，她吓了一跳，往后退出去好几步。

“干什么？”

周曳被她这莫名其妙的反应也吓了一跳，皱了皱眉，一拍屁股从地上起来，随手胡乱揉了把哈哈的狗头，不满道：“我有这么吓人？”

周染认真地看了他一眼，“嗯”字还没出口。

“哎，行了，不用解释，我知道几天不见，我又帅气了那么一点，震惊到你也是正常的——”

他装模作样地揉了把自己的头发，一低头瞥见她身上脏兮兮的衣服和拉开口子的裤脚，诧异之余又有些嫌弃：“周小染，你胆子见长啊，大晚上做贼去了？”

周染今晚折腾得够呛，也懒得跟他贫嘴，自顾自开了门，把哈哈喊进去，回过头面无表情：“要我提醒你一下吗？咱家十一点的门禁，你现在赶回去还来得及留个全尸。”

周家家教严，除非特殊情况，不然晚归无异于夜不归宿，回去少不了老周的一顿训斥。特别是对周曳，老周抱着男孩子就是要严管的教育理念，从小对他稍有违规必然有重罚。周曳也最怵老周。

“这么快就下逐客令？有什么情况？”周曳厚着脸皮从门缝里挤进去，饶有兴趣地上下打量她一番，然后把车钥匙丢到她怀里，“给，小祖宗，车子给您修好了。”

然后，他继续说：“放心，我今儿是奉母上大人的懿旨来看她宝贝女儿的，老周不会把我怎么样！”

周染看他一眼，把钥匙收好，转身进了卫生间。

看到镜子里的自己时，真恨不得时光倒转，那么重要的等了好几年的战斗时刻，她居然是这副鬼样子！想到晚上的事情，她莫名烦躁，开着水龙头哗啦拉地洗了把脸，拆掉左臂的绷带，丢到垃圾桶里。

“怎么，搬出来还不爽快了？”

周曳给自己倒了杯水，从桌上抓了几颗车厘子丢进嘴里，然后大剌剌地瘫在沙发上，看着周染怄火似的暴力洗漱，嗤笑：“为了躲避爸妈的催婚，卖哥哥卖得那么快，我都还没在爸妈面前戳穿你呢，你倒还先不乐意了。”

周曳子承父业，成年后就开始接触祖传的汽车工厂，这两年越做越大，大有向海外扩张的架势。周染毕业后也被安排在他那儿帮他做事，混吃等死好不快活，直到今年实在架不住爸妈明里暗里的催婚，才胡乱扯了个跟哥哥打赌要独立闯事业的谎，成功离职搬出来自己住，抛下周曳一个人承受二老的双倍催婚压力。

周曳其实知道她这点儿小心思，嘴上各种吐槽，但实际上从头到尾也都配合着她扮白脸，成功帮她从爸妈手底下逃脱。

周染胡乱把头发扎起来，甩掉手上的水珠，转过身来深深地吸了口气：“徐璟回来了。”

周曳咀嚼的动作一僵，愣了下，很快扯着嘴角笑了笑，目光落在她的左臂上，又抓了只苹果啃起来，口齿不清道：“所以，这就是你这副样子的原因？”

周染随手甩了只抱枕砸过去：“你有病？周曳同学，请你不要侮辱我好吗？我跟那种人渣不共戴天，就算再见面，我也是立誓要以给他添堵直到整死他为人生终极目标的。”

“随便你！”周曳抬手接过抱枕垫在身后，耸了耸肩，并没把她的话放在心上，“我只是想提醒你，以前的事你自己心里有数，差不多得了！下次要再出点状况，可就不是只摔骨折这么好运气了！爸妈一把年纪了，你该不会想让他们给我重新生个妹妹吧？”

周染呵了一声，冲他翻了个白眼。

“别忘了，”周曳顿了顿，脸色冷下来，“因为他，你差点儿丢了条命。周小染，你最好长点记性！”

周染表情一滞，微微垂眸，还想说什么，又作罢，苦笑：“我没忘。”

两个人谁也没再说话，气氛忽然冷下来。

桌上的电话振动声打破沉默。

周染擦了擦手，放下毛巾，过去拿起电话，瞟了眼来电显示，下意识地看了周曳一眼，然后在他一脸警惕和威胁的眼神下开了免提：“小禾苗？”

“哎！小周周，”祝禾咋呼的声音立马传出来，“我突然想起来，刚刚忘跟你说正事了！”

周曳一秒安静如鸡，老老实实蹲沙发上继续啃苹果了。

周染看着他的反应，没忍住笑了出来。

周曳和祝禾的关系也是很微妙的。

第一次见面，祝禾就看上周曳了。她性子热烈，当下就立誓要拿下周曳，这几年也确实是把追人的技能发挥到了极致。

但周曳一心扑在工作上，根本无心感情，虽然对祝禾也还算不错，但无论怎么样，始终都没有迈过朋友那条界限，甚至被追得紧了，他也有意无意地避开她。

03.

祝禾所谓的正事，就是芜城的超跑嘉年华。

这个超跑嘉年华规模不算太大，但除了祝禾和周染所在的GR俱乐部也参赛以外，还有很多国内叫得上名的顶级车队和优秀赛手，比赛含金量不低。

虽然在周曳的压制下，周染现在几乎已经完全没有机会参赛，但这并不影响她们对比赛的热情。

两个人叽叽咕咕讨论得激情澎湃，聊到崇拜的赛手，周染一时没控制住，还激动地拍了两下桌子。然后在周曳幽幽的眼神中，她又默默地老实坐下来，无比矜持地拒绝了祝禾发出的一起看比赛的邀约。

一直等到她挂断电话，确定她不会去赛场，周曳才把手里的苹果核“咻”地丢进垃圾桶，从沙发上起身，满意地拍了拍她的“狗头”：“表现不错，挺听话！”

“行了行了，保证不去！”周染把手机丢沙发上，将人往外推，“赶紧走吧走吧，我要睡觉了！”

“哎，周小染我跟你说啊——”

“知道了知道了，不去比赛，报名期早过了你就别担心了。”见周曳还要再说，她立马抢过话头，不耐烦地举手发誓，“不去找徐璟，下周去上班，下下周去复查，放心放心，我都记着呢！我胳膊早就好了！”

“……”

“你也记得，我受伤的事帮我给爸妈瞒严实了啊，还有工作，结婚，爸妈那边你都给我应付好了啊！”

“知道知道！”

“啪”的一声，大门关上，兄妹俩各自嫌弃地念叨了一句“麻烦”。

终于将人赶走，周染安顿好哈哈，换了衣服洗了澡，收拾干净爬上床就准备睡觉，睡意浓烈，可是徐璟那张脸却怎么也赶不走，辗转半天也睡不着。

她揉了揉眼睛，又一骨碌从床上翻了个身爬起来，摸索着打开手机。

她打开最隐秘的、加了密码的相册。

最后面的一张照片。

少年身形清瘦高挑，背对着她站在操场上，背景是红色的塑胶跑道和远处葱茏的树木，天空蓝得透亮。

这是她唯一一张保存下来的他的照片。

她重新躺下来，盯着屏幕发起了呆。

第一次见到徐璟那一年，她十八岁，大学第一节高数课，百人的大教室。

她去得晚了，硬着头皮在教授和一众同学的注视下走进教室，随便找了个位置坐下来。

没想到还有比她去得更晚的，毫无疑问，承受了教授的一腔怒火。他也不恼，甚至还有心情毫不要脸地吹了一波女教授的彩虹屁，对方大概也是被他的厚脸皮给折服了，又气又笑，向来严苛的恶魔教授就这么放过了他。

他随手把书丢过去，在她身边坐下，然后笑着问她叫什么名字。

……

很奇怪，那时候他开的什么玩笑，怎么坐到她旁边的，很多细节她都记不清了，却唯独将那个平淡无奇的场景一记多年。

再后来，不知道怎么熟识起来的，他帮她占座位，陪她打水跑步吃饭上自习，两个人头挤着头凑在一起看车赛视频……甚至，在一群人里，他笑着推开所有人，用理所当然的语气说要娶她。

做尽了男朋友该做的事情。

后来呢？

……

迷迷糊糊的意识里，梦境辗转。

她捂在厚重的赛车服里，忍受车内的高温，参加训练。然后，在他生日前一晚，她兴冲冲地发了自己参加本地赛车节的赛手证照片，邀请他来看现场车赛。

只不过，她精心准备的惊喜到头来落了空。

场上出了事故，她的赛车被撞到侧翻，在满目的鲜血和铺天盖地的疼痛里，她第一反应是搞砸了这份给他的生日礼物。

她并不知道，那个时候，他在数万英尺的高空上，飞往异国准备他的交换生学习计划。

她在抢救室里躺了一个晚上，差点丢了性命，不敢让爸妈知道只通知了周曳。

周曳赶过来签字的时候嘴唇都是白的。

再后来那段时间，周曳彻底收了她的车钥匙和手机。

周染不死心，趁着他开会的工夫，悄悄从助理那儿偷了手机躲在卫生间里打电话过去，结果被对面醉醺醺的女孩子操着外语大骂一通。

……

梦里意识散乱，她夜里醒过来，眼角还一片濡湿。

半晌，意识才渐渐回笼，她揉了揉鼻子，哑着嗓子咬牙切齿地骂了句："人渣！"

死人渣！

与此同时，辗转反侧的徐璟重重地打了个喷嚏。

旁边的狗子也立马爬起来，歪着脑袋死死地盯着主人，一脸无语。

这都第五次了！

还让不让狗睡觉了！

徐璟在它幽怨的眼神中叹息着爬起，走到窗户边，拉开窗帘往下扫。

大门口空空荡荡，早已没了人影。

他重新折回去躺在床上，又不自觉想到她左肩上绑着的白色绷带，有点儿后悔当时为什么要强撑着硬着心肠离开。

烦躁。

三分钟之后。

他爬起，拎了件外套就往楼下走。

夜深人静。

街上只有车辆偶尔疾驰过的声响，远处路灯的尽头一片漆黑，半个人影都没有。

他开了门，二哈撒欢地往外跑，他收回视线，毫无目的地沿着马路往前走了一段，才忽然回过神来，踹飞一颗路边的小石子。

想到当初她和傅泽琪成双入对的画面，他自嘲一笑。

一个始乱终弃的渣女，有什么好后悔的！

他微微叹了口气，喊了狗子往回走。

可是一闭眼就是她的样子，各种笑……

徐璟躺在床上翻来覆去折腾了半晚上，迟迟没有睡意，狗子被他吵得睡不着，索性叼着玩具开始玩。

他从床上坐起来，烦躁地揉了揉头发，发火：“大半夜的不睡觉你有病？”

狗子无辜地歪了歪脑袋，看着同样半宿没睡的他，一脸茫然：“？？？”

他一肚子的火发不出来，又躺回床上，对狗子也对自己发泄：“滚滚滚！”

狗子：“……”

·第二章·

LIANAI
QINGKONG
YIWANLI

欺负小姑娘的感觉还不错？

01.

周一，阴沉多日的天气终于放晴。

周染掀开眼皮瞄了眼时间，吓得连起床气都没了。

距离上班时间就剩下半个小时。

安逸使人颓废啊。

最近被周曳看着宅在家里养伤，每天闲得头上长草，为了打发时间又开始刷起了小说，昨晚沉迷剧情一不留神就熬了个通宵，一大早睡过头。

她火急火燎地套上衣服，冲到卫生间的时候接到周曳的电话，她刷着牙含混不清："要迟到了大哥！你也不知道早点打电话过来！"

周曳有些幸灾乐祸，刚想开口，又被她抢了话头："好了，我知道，要吃早餐，不开车，注意安全，OK！OK！"

她把牙刷丢进口杯里，胡乱扒拉了下头发，心急火燎地往外走："我赶时间，不说了啊，拜拜！"

电话"嘟"一声，挂了。

来不及吱一个字的周曳："……"

说不开车是骗人的。

倒不是夸海口，周染车技的确不错。

说来有些好笑，以前因为徐璟沉迷车赛，所以她背着人偷偷参加了赛车手培训班，大概也因为她出身汽车世家，在这方面还算有天赋，没多久就拿到了G级驾照。

最开始也不过是为了在他生日那天参赛，给他一个惊喜。

但是后来，她倒慢慢真的喜欢上了赛车。

这几年前前后后参加了不少比赛和培训，后来执照不断升级，前段时间她在全国汽车场地锦标赛里拿到了第三名的好成绩，也算是有点收获。

只不过周曳还对她当年在赛场上的事故耿耿于怀，加上之前出去玩的时候，她被几个年强气盛的熊孩子折腾得蹭了车，摔伤了手臂，周曳则更加坚定了她不适合开车这个说法，自动屏蔽了她在赛场上威风凛凛的时候……

车子一路疾驰，到公司大厦车辆出入口处的时候，前边突然打横蹿出来一辆黑色轿车，车速还不低。

她心一紧，好在反应很快，一脚踩死刹车，轮胎摩擦过地面发出刺耳的声音，在撞上前面的车屁股前堪堪停住。

黑色车子也停下来，正好挡住了她的出路。

周染皱眉，开门下车。

两辆车子，不到五厘米的距离，差点儿又是一场事故。

本命年无妄之灾第二弹吗？

“对不起，对不起！”

司机停好车子，转过头来跟后座的人道歉，苦着脸有些崩溃地抹了把冷汗：“徐总对不起，我实在……我下次不会再犯这种错误了。”

徐璟最近都没睡好，本来正闭着眼睛补觉，车子一个急刹，他整个人不防备往前倾了一下，手边的文件也纷纷散落。

他这会儿清醒过来，没来得及接话，目光顿在散开的新人履历上。

蓝底证件照。

照片有些时间了，周围颜色有点变化，但女生的面容依旧清晰明艳，一双瞳孔清亮透彻。

“徐总，”司机见他面色不明，快哭了，“对不起，我家里最近真的……我会尽快处理好的，能不能再给我个机会，别开除我……”

话没说完，车窗被拍响。

徐璟抬眼，隔着玻璃，看见方才照片里的那张脸。

生动，也愤怒。

他弯了弯嘴角，不动声色地撕下简历上的照片，握在掌心。

“王叔。”

“哎哎？”司机王叔唯唯诺诺地应声，提了一口气。

“你先回去处理家里的事，给你半个月的假期。”

“啊？”王叔张了张嘴，有些难以相信，“不……不解雇吗？”

对上徐璟的视线，他又收住话头：“我的意思是，那这段时间开车的工作……”

徐璟看了眼车窗外。

有人怒火还没消，气急败坏地拍着车窗，嘴巴张张合合在说着什么。

他微微扬了扬嘴角：“有人了。”

“咔哒”一声——黑色轿车车门打开。

周染拍车窗的动作一顿，连带着脸上的表情都变了。

“钻狗洞不成，现在改变策略打算碰瓷吗？”

02.

冤家路窄。

这是周染看清车主后的第一反应。

她这会儿反倒平静下来了，上下扫他一眼，扯了扯嘴角，轻哂一声："我真的挺好奇，到底什么饲料能把你这猪皮喂得这么厚？"

徐璟笑了笑，不动声色地瞥了眼她的左肩。

她穿了件黑色大衣，绷带已经被拆掉，看这凶巴巴的气势，也不像是有事。

"车辆行驶过程中，后车撞前车形成的交通事故，后车负全责。"他挑眉，指了指两辆车子相接的地方，看向周染，"交通事故，你就这么急着逃逸？"

周染气笑了。

到底谁是碰瓷怪？

"脸皮太厚挡住眼睛影响你视力了是吧？"她走到车前，指了指他的车屁股，看到刚从驾驶位下来的司机，扬了扬声，"车子毫发无损，你们最好把车子开走，别留在这儿影响交通。"说完回头看见徐璟，又冷笑着补了一句，"要早知道是你的车，我绝对拔了刹车，油门踩死直接撞上去，也算是除人渣造福社会了。"

话音刚落，她手上一轻，钥匙忽然被人拿走。

不等她反应过来，他已经拉开她的车门坐了进去。

"砰——"

随后一声闷响，黑色轿车被撞得往旁边偏了一点，车身后边的位置凹进去一小片，显得格外突兀。

“这不就撞上了吗？”

周染被他这一手操作震惊到了，好半天都没反应过来。

徐璟从她车上下来，俯身直勾勾地看着她，要笑不笑地扯了扯嘴角，一字一顿：“解气吗？”

很近的距离，呼吸近在咫尺。

周染大脑有一瞬间的卡壳，很快回过神来，直视他，目似喷火：“徐璟你要是有病赶紧去医院！别传染给我！”

两个人对视，谁也不肯退一步。

“徐总好巧！”

有中年男人远远地冲他们这边挥手，确认没有认错人，又加快了步伐，笑呵呵地说：“徐总早啊，这都能碰上您！”

徐璟和周染各自退开，错开视线。

“哎，这是……”

来人是前几天面试周染的面试官，叫杨钦。

周染赶紧鞠躬问好。

察觉到气氛的微妙，杨钦的目光在两个人身上打量一番，意味深长地一笑：“这不是咱们创意部新来的小姑娘嘛，叫什么来着？周染！对，小周，那天还是我面试的！”

周染看着这人的狗腿态度，又看了眼旁边没什么表情的徐璟，很快反应过来，心里暗骂一声倒霉，表面上还是笑着打招呼：“杨总监好。”

“哎，好好好！”杨钦笑眯眯地褥了把半白的头发，继续试探，“我就说，这小姑娘年纪轻轻，长得漂亮，创意策划也做得好，年轻有为啊。”

“原来跟咱们徐总认识，都是自家人啊。”他看了眼徐璟，见对方没反应，又回来看周染，笑了笑，试探道，“这是……什么关系？”

周染心想您这马屁可算是拍到马蹄子上了。

“没有。”

“司机。”

两个人同时开口，面无表情。

杨总监脸上的表情明显僵了一下，后知后觉地看见撞到一起的车子，很快又干巴巴地笑两声，毫不尴尬地来了个态度大转弯，冲周染一拧眉开始训斥：“哎，我就说嘛，这个社会啊，开车不长眼的人实在太多了，这小姑娘年纪轻轻的，开车怎么就这么生猛呢？女司机就是靠不住，办事一点都不稳重！”

周染就这么看着他现场表演360度态度大反转，内心一万头羊驼奔过。

可去你的狗腿子！

女司机吃你家大米了？

就在周染思考入职第一天就怒怼上司还能活多久的时候，徐璟扬了扬手里的车钥匙：“行了。”

絮絮叨叨的杨总监一秒收住话头，一副随时听候吩咐的架势看向他。

周染见不得他这狗腿样，冷哼了一声。

“小周是吧？”徐璟见她一脸吃瘪的模样，竟然笑了。

周染觉得他笑得像禽兽，心头“咯噔”一下，突然有种不祥的预感。

果不然——

“正好王叔家里有事，”徐璟嘴角的笑意越深，“就麻烦小周帮我去修个车，顺便临时给我做几天司机。”

周染：“……”就知道这人渣憋不出来什么好屁。

她刚想怼回去，杨钦抢先开口了：“徐总真是大度，小周你听见没？换了别人，可就没这么好说话了，以后做事小心点！年轻人别毛手毛脚的！去吧去吧。”随即抬腕看了眼时间，颇为不满，“你今天还迟到！”

察觉到周染有小情绪，杨总监走出去两步又回头横她：“还冤枉你了不成？难不成徐总脑子有病，主动去撞你这辆小破车？”

周染：“……”

说出来你可能不信，你们老大脑子可能还真有点毛病！

……

她看着前边两人离开的背影，满肚子的火气撒不出来，转过身用力踹了脚车轮胎。

03.

“欺负小姑娘的感觉还不错？”

徐璟刚进办公室，一早等在这里的卫扬从落地窗前转身迎过来，冲着他笑得意味深长：“没想到，这么大把年纪了，厚脸皮还真是一点都没退化！”

“你要是实在闲得无聊，”他嘴角的弧度瞬间消散，转身把外套挂起来，给自己接了杯水，面无表情，“可以出门左拐找保洁阿姨聊聊，她昨天还打听你的情况，想给你介绍她儿子来着。”

转移话题就是逃避问题，逃避问题就等于真的有问题。

卫扬铁了心要逗他，瞥到他手里的车钥匙，伸手去拿：“欸？换新车了？借我开两天，这上边的卡通挂件挺可爱的，徐总什么时候走这种路线了？”

她还没碰到钥匙，手腕被人“啪”地拍开。

“你真的很闲。”

“这么宝贝？”卫扬得逞笑开，“碰都不能碰？”

徐璟在她对面坐下来，索性把钥匙直接揣自己衣兜里，然后自顾自打开笔记本电脑，没打算接她的话。

“哎，你这变脸变得还挺快，”卫扬想到刚才看到的场景，忍不住笑，“刚刚在楼下欺负小姑娘的时候，不是挺变态的吗？现在装什么正经？”

两个人从大一认识至今，一起出国一起入职，最后成为合作

伙伴。

脾气秉性相似，能力旗鼓相当，也算互相欣赏的半个知己。徐璟埋在心里许久的事情，卫扬也知道个七八分。

当初追人那么久，等到确定对方心意要表白了，没想被自己身边的朋友截了和，他看上去满不在乎，拍拍屁股去了国外，看似潇洒，但其实只是没有办法面对他们两个人。

这几年对那些事情绝口不提，人却变得越来越薄情苛刻。

“你这样是追不到女孩子的！”

卫扬抬手扣上他面前的笔记本电脑，毫不留情地戳穿他：“你折腾这么几年还是跑回来，不就是还不死心吗？”

她看着他：“一个大男人，怎么在国外待了几年，还给你矜持上了？男未婚女未嫁，想追就追，利索点，我看你以前逗人小姑娘不是挺有一手的吗？拿出以前你在学校追她的架势出来，不就是傅……”

“卫扬！”徐璟脸色不好看，明显是控制着情绪，声音沉沉，“我没在追她。”

卫扬歪头看了眼他桌上的毕业照，笑了。

老旧的照片泛了黄，清一色的傻气笑脸，最中央的小姑娘似乎刚跟身边人说了什么，笑得眉眼弯弯，站在她身后的一个男生试图伸手去揉她的脑袋。

脸却是看不清了。

似乎是被人不小心落了烟灰上去，烫皱了一小块。

这是那张她和徐璟缺席的毕业照。

一张跟自己没有一毛钱关系的照片，还保留到现在，还要装作一副一点也不在意的样子。

她还真就呵呵了。

“河星湾的项目，”卫扬看着他这副不开化的样子，也懒得说教了，开始说工作，“最好在月底前给华裕一个可以落到实处的策划方案。如果后期成效不错的话，他们可能要把广告外包出来。”

“好。”徐璟随口应着，然后扫她一眼，“一早过来就为说这个？”

“当然不是！”卫扬笑嘻嘻，“下周我出差，还得把小芒果放你这儿。”

“可以。”徐璟面无表情，“老规矩，等价交换。”

“一点亏都不吃，”卫扬递了个白眼过去，“你又没儿子！”

徐璟抬眼看她。

“行行行，”她立马投降，从包里摸出两张票拍到他桌子上，“超跑嘉年华，铂金区，怎么样？”

“嗯。”

“徐狗啊，”她拎起外套往外走，顺嘴念叨，“你还真是一点人情味都没有，好歹我也做了你这么多年的绯闻女友！”

“要这么算的话，我给你家芒果做了这么久的绯闻爸爸，你是不是还得再付一笔报酬？”

“不是，你……”

他余光瞥到门口经过的人，忽然挑了挑嘴角，扬声：“小周，送客。”

刚交接完工作的创意部员工，周染。

突然被点名的周染隔着玻璃同他对视一眼，呵了一声，无比硬气地掉头就走。

他靠回椅背，看着她离开的背影，无聊地扯了扯嘴角。

04.

周末出去吃饭的时候，周染把这件事跟祝禾说了。

分别四年，又重逢前任绯闻男友，接二连三在他面前出丑丢脸不说，对方还成了你的顶级上司，以绝对优势碾压你。

这境遇实在是一言难尽的憋屈。

“那你想怎么办？”

祝禾扣上菜单递给服务生，敲了敲桌子，拉回周染的思绪：“喊他出来，把他暴揍一顿？要不然找个伸手不见五指的夜晚，把他打晕了拖出来也塞到狗洞里，卡他一个晚上？”

周染稍微脑补了一下这个画面，又看了看自己的胳膊。

算了吧。

没有胜算。

“你还真在考虑了啊？”祝禾见她一脸认真，有点哭笑不得，“要这么认真吗？我觉得其实也没什么吧？卡狗洞那事本来就是个意外，追尾的话，可能就正好碰上他心情不好？或者他也是担心你开车太虎，就只是想让你借这件事吸取下教训？”

回应她的是周染的一声冷哼：“你还是太天真了。”

祝禾耸耸肩，戳着吸管一脸无奈。

她是不太明白，这两个人到底有多大仇多大怨，就算是前任，也不至于这么提防着吧，更何况还只是绯闻前任。

有鬼！

“小周周啊，我就不明白了——”

祝禾话刚说到一半，周染手机响了，一看来电显示，周染立刻进入备战状态，冲祝禾比了个噤声的手势。祝禾莫名被她这种十级警戒的紧张传染，屏息凝视看着她。

“喂？”

“午餐。”对方简明扼要。

“有病！”周染小声嘀咕了一句，然后对着电话，很不耐烦，“现在是周末。”

“加班。”

“不去。我又不是你保姆。”

“可是你把车开走了。”电话那端的人理直气壮，还不忘提醒她，“我的车你还没修。”

周染嘴角抽搐，半晌在心里爆了句粗口，然后“砰”地挂了电话，力道很重地扣在桌子上。

“要不，”祝禾默默地看着她，吞了吞口水，撑着下巴提议，“你辞职算了？老死不相往来，也免得再折腾这心思，一劳永逸岂不是美滋滋？”

“为什么是我辞职？”周染一脸愤慨，“且不说这工作我好不容易找着的也还喜欢，就这渣男好不容易撞到我面前了，我就这么放过他？不可能的，这辈子都不可能！那句话怎么说来着？”

祝禾眨巴眨巴眼：“做不了你新娘，就做你后娘？”

“你语文老师怎么还没从棺材里蹦出来？”她戳了戳祝禾的脑袋，纠正，“所谓大风起兮云飞扬……”

“然后呢？”

“谁先下手谁就强。”周染一咬牙，挺像那么回事。

祝禾：“我差点就信了！哎，菜还没上来呢，你不吃了？”

嘴上说着不去的人，这会儿拿了车钥匙，风风火火往外赶。周染挥挥手：“不吃了。”

没走几步，她脚步一顿：“哦，对了，如果我在抗渣战争中牺牲了，请记得给我烧个徐璟陪葬。倒下我一个勇士，还有千千万万个勇士站起来，请你带着我的遗愿坚强地活下去。”

祝禾张了张嘴，还没来得及接话，人已经没影了。

呃……

这年头，跟前任相处都流行这种模式了吗？

她默默地夹了只鸡腿塞到嘴里，摇了摇头。

看不懂看不懂。

办公室开着空调，温度永远比外边要低几度。

周染象征性地敲了下门，直接冲进去，二话不说把手里的食盒丢在办公桌上。

“哐当”一声。

超大型食盒，有着独有的体积优势。

徐璟从电脑屏幕上抬头，扫了她一眼，然后看向桌上的餐盒。

汤汁鲜红，辣椒肆虐，白粉晶亮，搭配金灿灿的脆片和鲜绿的蔬菜。

——如果不是酸笋的味道实在太过销魂的话。

隔着透明的保鲜盒，还能看见袋子内侧的半颗榴莲。

“看我干吗？”周染不动声色地屏气，一副假惺惺的样子，“不是说要午餐吗？吃啊！怕你不够，还特意要了超大份的！是不是很贴心？”

徐璟抬眸，两个人对视。

徐璟的眼里波澜不惊，她没有看到她想看到的任何信息，倒是她自己憋气快憋死了。

她记得很清楚，他最讨厌味道重的东西。

以前食堂二楼新开了一家螺蛳粉店，她几次跃跃欲试，但徐璟对此避如蛇蝎；还有她每次吃榴莲的时候，都要被他嫌弃好半天，时间久了她也对这些东西敬而远之。

直到他走了以后，她一度报复性狂吃，几次把自己吃进了医院。

呵呵。

年少轻狂不懂事，好汉不提当年蠢。

很快回过神来，周染看着他，“好心”地帮他打开餐盒，一边留心观察他的脸色。

“你吃了吗？”徐璟起身，面不改色地打开装着榴莲的袋子。

周染冷笑一声，不给他把这堆东西甩给自己的机会：“我当然吃过……”

话音刚落，肚子“咕噜”一声。

两人动作都是一顿。

她听见他很轻地笑了一声，从喉咙里溢出来的，带着几分愉悦。

“你效率太慢了，所以我喊了外卖已经吃过了。”

他把餐盒推到她面前，甚至很绅士地拉了把椅子过来，将她按下去：“所以，别客气，我要出去接个人，你自己慢慢享用。”说完就往外走。

周染听到很轻微地“咔哒”一声，才回过神来，几乎是冲过去拉了拉门把手。

纹丝不动。

真锁上了。

只剩下她跟一屋子生化武器面面相觑。

OK，很好，很优秀。

她点点头，目光在干干净净的办公室环视一周。

既然你不仁，那也别怪我不义。

行，来吧，同归于尽好了。

一个小时后。

徐璟从机场接了人回来，于飞一路上叨叨个没停——

“不是，我就搞不懂了，公司到底有啥好啊？是有金山银山，还是藏着小姑娘啊，就值得您这么心心念念牵肠挂肚的？

“我好不容易从总部回来一趟，哎，追随您的脚步，跨越江河湖海，不远万里的，你这不先给我接个风洗个尘，直接回公司是怎么回事啊？

“老徐啊，我跟你说，虽然我吧，一表人才能力卓越的，但是你不能因为这样就想压榨我啊，今儿可是周末——哎，等等等等！”

刚走到办公室门口，于飞像是想到什么，突然跳起来挡在徐璟前边，从他手里抢过钥匙，笑得意味深长：“我先进！我倒要看看，你里边到底藏了什么见不得人的。该不会提前知道我今天回来，要给我个惊喜吧？我就知道，你对我才是真爱……啊呸！咳咳咳！”

他刚开了门，立马捂着鼻子见鬼似的退了出来：“你卫生间炸了吗？这啥味儿？咳咳咳！”

办公室里。

垃圾桶，烟灰缸，杯子。

到处都被洒上了螺蛳粉的汤汁。

座椅上还倒扣着半只榴莲壳。

于飞捏着鼻子退出来，回头看徐璟的眼神都变了：“大哥，俩月不见，您这又作什么妖呢？啥新癖好啊？”

徐璟没搭理他，左右看了一眼，然后很淡定地走进去。

桌上还放了张字条，熟悉的字迹：

不好意思，清理垃圾的时候，手抖，洒了一点在桌上。

您应该不会介意的吧？

PS：午餐加水果，共计246.2元，烦请报销，谢谢。

“这都是些什么玩意儿啊？”于飞捏着鼻子进来，一脸嫌弃地拎起椅子上的半块榴莲壳，丢进垃圾桶，“老徐啊，你到底做了什么？”

徐璟回头，看了眼大开的窗帘，艰难地扯了扯嘴角，随口应他：“养了一只……狗。”

上能跳窗户，下能钻狗洞。

行，挺出息！

周染成功一波反杀，一整天心情都相当愉悦，晚上忍不住想要跟祝禾分享一下，结果点开微信就收到来自宿敌的转账。

250元整。

明晃晃金灿灿的数字，明明应该散发金钱的香味，现在躺在屏幕上莫名多了点讥讽的味道。

二百五！

她翻了个白眼。

你才是二百五！你前世今生下辈子都是二百五！

她趴在床上翻了个身，但是不要白不要！她点了收款，然后又回了个红包过去。

金额：3.8元。

备注：找零。

猜到他不会收，她又扯了扯嘴角，再补上一句：不要是狗！

对方倒是回得挺快：找零肯定是要的，不过红包就不收了，当作是你帮我修车的补助。

顿了顿，他又补上一句：“毕竟，你修车一趟也辛苦。”

周染差点气绝，三块八的补助？

骂完了她二百五，还要再反杀一波三八！

骂谁呢？

还不忘再提醒她一遍修车的事情！

可以可以，你赢了。

/

他的确，是有让人心动的资本的男人

01.

四月刚开始，周染就忙到几乎没闲工夫琢磨徐璟的事情了。

这次接手的是国内新秀服装品牌米蔓的广告宣传。米蔓向来挑剔，从创意到广告脚本，从道具元素和拍摄角度，对每个细节要求高到几乎苛刻，但报酬也是真的高。

当然，报酬不报酬的还不是周染这种小新人该考虑的，因为徐璟有意实行狼性文化，要求每个项目组做策划内部比稿，排名末尾的或浑水摸鱼的，可能面临淘汰。

虽然残酷，但他给出的诱惑也确实诱人，最终策划通过的小组，可以加入之后河星湾的项目中，这几乎是给每个参与者的工作履历镀金的好机会。

周染他们组集体赶工，从最开始的构思到后来的反复推翻和修改，连续加了一周的班，熬了好几个通宵，总算是敲定了最终版本。

赵凡懿伸了个懒腰，瘫在椅子上，崩溃地打了个哈欠："总算完事儿了，这几天改样本图改到我怀疑人生！周小染你真是魔鬼啊，以前都没看出来，你工作起来真是不要命的。"

"赵哥，你可要点脸吧！"雯雯一边收拾东西，一边笑骂，"要不是周染姐，就你那偷懒的性子，这次非得让徐总给你弄下去，就等着回家喝西北风吧你！"

这话倒是真的。

周染虽然进公司晚，但专业技能丝毫不亚于老员工，工作起来更是有效率，共同谈论时的意见通常一针见血直击要害，想法也非常新颖。

被表扬的周染抿唇笑笑不说话，其实她完全得益于有个好哥哥。

周曳本身就是个工作狂魔，毕业之后周染去周曳手底下工作也学到了不少。周曳虽然平日里毒舌，但真说起来，也没有委屈周染，从进公司开始，就净挑些厉害的角色带周染，说他把业内最好的资源都安排给她也不为过。

站在巨人的肩膀上看世界本就高人一筹了，更何况周染本身也不差，于是放到基层就明显比其他人要更为突出亮眼。

所以，雯雯这么一说，同组几个人也都没什么异议，纷纷笑着附和了两句：

"是是是！你周染姐什么都好！"

赵凡懿嘴上应着雯雯，索性也不睡了，一骨碌从椅子上爬起来，看向周染，笑嘻嘻地说："那，周染姐，跟我们出去约一波吗？算是提前庆祝我们拿下米蔓，也为后边的河星湾加个油？"

周染笑："你就这么有信心？"

"那可不，必须的！先不说河星湾，至少眼下米蔓是稳了。再说了，我们周染姐可是天下无敌宇宙第一啊！"他彩虹屁张口就来，还不忘回头看一眼雯雯，"是不是，雯雯？"

雯雯懒得搭理他，捧着脑袋问："周染姐，你要去吗？"

"不去了。"周染把定稿版的文件又往U盘里拷了一份，顺手丢进抽屉里，笑了笑，"我今天约了朋友，等真拿下了项目再一起庆祝。"

"哟！"赵凡懿怪笑，"男朋友啊？"

"哟哟哟！"

"哎，果然优秀的妹子都被人拿下了，不给我们这些单身青年留活路啊！"

周染笑了笑，还没搭话，手机一振动，祝禾在催了。

她也没再跟这帮家伙玩笑，收拾好桌上的东西，起身就要往外走，一回头迎面撞上面无表情的徐璟。

他看上去心情好像不是很好。

不过周染也没心思猜测他的心情，勉强扯了点笑算是打个招呼，见他没有让路的打算，她打算绕过去走人。

手机又振动了几声。

徐璟的视线落到了她手机上："男朋友？"

"关你……"周染话说到一半，又收住。

她赶时间，不想跟他抬杠，顿了顿，敷衍地笑了下，抬腕把手表亮在他面前："策划案和相关资料我全部发你了，现在是下班时间，徐总再见。"

言下之意：私事，跟你没什么关系。

眸色沉沉地望着急匆匆离去的背影，徐璟咬咬牙：行！你厉害！

02.

天色刚刚擦黑。

小吃街上的小摊贩已经纷纷支起了摊子，小彩灯串成一张网，闪烁着浮夸的亮光，烧烤的孜然味混杂着水果和奶茶的甜味在空气里散开。

这里离学校不远，也有三五成群的学生嬉笑着经过。

从上大学到现在，祝禾每次心情不好的时候，都喜欢来这儿撒酒疯。

能让祝禾撒酒疯的，也就周曳那点事儿了。

"怎么，又失恋了？"

周染过去，在她身边坐下来，抽了张纸巾擦了擦桌子，把包拿下来放到旁边，回头问老板要了菜单，又加了份烤茄子、烤土豆、烤鸡翅和虾尾。

“周曳那人说话就那样，你又不是第一天认识他！”

“你怎么这么晚才来？”祝禾不答反问，说着又抓了瓶啤酒，送到嘴边，用牙一磕，“砰”地打开，仰头就喝掉了三分之一，眼里亮晶晶的，笑，“又替你那绯闻前男友办事呢？”

周染下意识就想反驳，又想到临出门时差点儿被他拦住，到了嘴边的话又止住，顺手从祝禾手里拿过那瓶啤酒，仰着脖子灌了一口，语气淡淡：“没有。”

“小周周——”在周染来之前，祝禾自个儿就喝了半扎啤酒，已经有了点醉意，她胳膊肘撑着桌面，托腮，可怜巴巴地望着周染，“我们真的是悲惨姐妹，都栽在狗男人身上了。”

话音刚落，周染“啪”一巴掌抽她脑袋上：“我没有。”

换来祝禾的一记白眼。

“算了，随便你嘴硬吧。”她也懒得跟周染争论，“你说你们老周家都是些什么人啊，一个口是心非，一个心硬如石，我颜值与身材并存，智慧与温柔共有，周曳怎么就一点不肯松口呢？说什么要忙事业不想耽误我。不是，我就想不明白了，这有什么好耽误的？我都不怕，他一个大男人怕什么？”

其实周染也不懂，她正搜肠刮肚想安慰的句子，祝禾一拍桌面，带上几分愤愤：“小周周，你……你哥，都是这种明明喜欢又死不承认的性子，你来告诉我，你们老周家这都是些什么奇葩基因？来告诉我！”

周染呼气，其实周曳心里的结，她多多少少能理解的。

不是不喜欢祝禾，反倒是喜欢才不敢轻易再尝试。

周曳之前是有过一个女朋友的，是和他同级的一个姑娘，活泼闹腾，天天追在周曳身后，似乎有用不完的热情和精力。

周曳那时候还是个完全没恋爱经验的纯情少男，一来二去没多久就抵不住小姑娘的攻势松了口，也对她越来越上心。

周染一度觉得这两人是能结婚的。

只不过那会儿周曳接手公司没多久，又碰上正开拓西北市场天天酒局应酬不断，三天两头各地跑，两人硬生生谈成了异地恋和网恋。

……

“后来呢？”祝禾把手边的酒瓶子都推到了旁边，撑着脑袋眼巴巴地追问。

“后来啊，”周染笑笑，“那个跟你一样信誓旦旦保证永远喜欢我哥甚至他每一个缺点的姑娘，给他戴了绿帽子。”

“周曳没把那男的打死？”祝禾了解周曳的脾性，他是绝对容忍不了这一点。

“差一点。”周染看了她一眼，“不过，那女孩子给的理由也很充分，一年365天，周曳陪她的时间一只手都数得过来，丧偶式恋爱她忍不了，生病、考试失利、钱包被偷，任何需要他的时刻，他都没法第一时间到她身边，甚至后来连她发的那条分手短信，他都没空看。她说，忍受不了。”

祝禾突然有些清醒了，她叹了口气，难得替周曳说话："所以啊，两个人真的在一起之后，才会发现，其实自己可能根本没有想象中那么喜欢他。"

她脸上难掩的落寞和痛楚让周染莫名有了几许共鸣的感受，周染一边默默吐槽自己什么鬼一边覆手安慰祝禾："在这一点上，周曳是个胆小鬼，对你太不公平了。但我想提醒你的是，他如果不喜欢你，根本不会任由你跟在他身后这么久，他只是怕越过那条线之后，历史重演。"

见祝禾一脸震惊，周染笑了笑："别这么看着我啊，选择权在你手里，我什么都没说，完了别把事赖我头上，我怕周曳知道了打死我。"

这种事，她原本不想掺和的。

祝禾一点点回神："所以，不是我自作多情，周曳是真的有点喜欢我的吧？"

这话周染可不敢随便下结论，只不过把刚端上来的烤翅推到她面前，然后反手给周曳打了个电话："老地方，你媳妇儿喝多了，来不来随你。"

果然，不到二十分钟，周曳的车子停在了马路边。

像是直接从正式场合赶过来的，他身上的正装还没来得及换掉，一看见两人开口就是一顿训，完了看着趴在桌上的祝禾："长本事了？跟周染学着出来买醉？"

周染：什么叫跟我学？讲点道理好不好？

祝禾看着第一时间赶过来的周曳，总算验证了自己的揣测，这会儿被训心里也美滋滋的，但是又不好表现出来，只好强行飙戏哼唧：“周曳，我头疼……”

周曳嘴上骂着“活该”，却随手找了干净杯子倒上水：“还能走吗？”

“不能。”祝禾赶紧把自己弄得跟无脊椎动物似的瘫软在桌上。

周曳无奈叹气，像抱小孩一样将小姑娘抱起来往车边走，还不忘回头叮嘱周染：“结完账你也别溜达了，赶紧回去。”

周染被现场塞了一把狗粮。

呵呵，我活该哦。

祝禾本来就没有醉得那么彻底，趴在周曳背上回过头，冲她指了指手机。

过了一会儿，手机一振——

今天也是周曳的女人：好姐妹，谢啦！

今天也是周曳的女人：你帮我搞定周曳的大恩大德，我记住了，你和徐璟的事，包在嫂子身上了。

她笑了下，想到什么，嘴角的弧度又一点点收回去。

她和徐璟吗？

03.

项目研讨会近在眼前，个个都如临大敌般紧张。赵凡懿猛灌下两口咖啡："明天就是策划案展示会了，我现在真有种明天就要去高考的感觉，不不不，高考都没这么紧张过。"

雯雯几个人笑话他。

周染最后检查了一遍方案细节，保存并关闭文档，邮箱提示发送成功。

不远处的总监办公室门打开了，周染下意识地侧头看去。

徐璟走出来，身后还跟了个女孩子，她穿了件蕾丝长裙，长卷发披散下来温柔美好，捧在手里的那摞文件夹最上边放着盒水果沙拉。

两个人一前一后过来，周染装作没看见，低头整理桌面。

"徐……徐总，这是我自己早上做的沙拉……"长裙女孩的声音娇软细细，"我爸爸说，如果你这周有时间的话，陪他去下下棋……"

周染在心里一声冷笑，手上擦杯子的力度却是不自觉重了几分，几下没抓住杯子滚了出去，在骨碌碌滚了几圈即将摔下去的时候被人及时伸手护住，然后平稳地放到桌子上，随之一起放下的还有一盒水果沙拉。

头顶响起淡淡的低沉好听的男声："你的水果沙拉我收下了，多谢，不过以后不用麻烦了，我不吃沙拉酱。"随即，一副公事公办的客套疏离，"客户部的季度报表有专人负责，你交给他就好，不用每次都送来我这儿。哦，还有，帮我转告你爸爸，非常感谢他的邀请，但是我确实不会下棋。”

长裙女孩不死心：“那也可以钓鱼，或者……”

“我不会。”他直接打断，“我更喜欢工作上表现好一点。”

见长裙女孩还没有要走的意思，他低头看了眼周染，抬了抬嘴角：“你不感谢一下同事送的水果？”

周染被他突如其来的笑弄得毛骨悚然，反应了两秒钟，拔U盘的动作一顿：拿我做挡箭牌？

她刚想拆他台，一抬头对上长裙女孩愤愤的眼神，与刚才的温柔判若两人。长裙女孩硬生生憋出三个字：“不用了。”说着深深地看了眼周染，扭头就走。

周染甚至都没弄清楚情况，就莫名其妙背了锅。

水果沙拉被赵凡懿私吞了，美其名曰不能浪费食物。

“白宜歆，”他叉了块火龙果塞到嘴里，说话含混不清，“她爸爸跟咱公司合作过，她今年刚毕业，算是半个富二代，走关系进来的，就是为了追徐总。”

“难怪！”雯雯从赵凡懿手里抢了一块水果，“我总看见她在徐总办公室晃荡。”

“不过虽然我对她完全路人感吧，但是我觉得这种女孩子应该挺受男人喜欢吧？长相清纯，性子温柔，还有钱有背景。”

有人附和：“对啊，特别是像徐总这样，白宜歆无论是样貌家室，还是学历，其实也都算是合适的人选了。”

赵凡懿点头，得到雯雯一记大白眼，顺手抢走了水果盒，两人打打闹闹起来。

……

“他不喜欢这种类型的。”周染鬼使神差地接了句嘴。

察觉到大家看过来的视线，她突然回过神，摸了摸鼻子，及时补救：“我是说，他拒绝白宜歆也可能因为是已经脱单了？”

“没有吧？也没听说徐总有女朋友？”

周染脑子一抽，下意识地就接了句：“那，说不定有男朋友？”

话音刚落，对面同事忽然低头猛咳了一声，周染只感觉到身后一阵突来的凉意。

徐璟自她身后俯身前倾，单手撑着桌面将她虚笼在怀里，没等她有反应随手从她面前抽走一份文件：“我过来拿份报表。”

周染正庆幸也许他没有听到她刚才说的那句话，下一秒，男人的声音从头顶落下，染了点意味不明的笑意：“我是不是Gay，你还不清楚吗？”

“……”

周染闭了闭眼，简直想穿回一分钟前，一巴掌扇死那个多嘴的自己。

04.

事实证明，徐璟是周染的灾星是比真理还真的。

在一连串倒霉催的经历后，周染遭遇了最沉重的打击——她的U盘不见了。

而此刻，距离项目研讨会开始只剩下不到半个小时。

“我昨天看完以后明明放回你抽屉了的。”雯雯急得快哭出来了，手忙脚乱到处翻找。

策划案里有她要在会议上单独分析展示的部分，所以昨天下班之后她从周染这儿拿了U盘又理了一遍，看完就放回去了，却不料想今天一早U盘不翼而飞。

“别哭了，先想想办法，”赵凡懿递了张纸巾给她，转头看向周染，“你电脑上的原件呢？”

“都没了。”

周染又按了几下键盘，没有丝毫反应，她扯了扯嘴角，把电脑转过去给他们看。

蓝屏循环。

“那修好之后，文件还能恢复吗？”雯雯吸了吸鼻子。

“只剩十七分钟了，就算喊人过来修也来不及了。”赵凡懿没忍住爆了句粗口，“无耻，肯定是内部人干的！就是嫉妒我们，太无耻了，别让小爷我把人揪出来了，非揍得他亲妈都不认识！”

周染第一反应也是这样，但现在想想，并不见得。

策划案内容小组成员都知道，所以即便拿走U盘也没有办法用，要被发现无异于当众承认偷窃的事实。

再者，这次评比是以组为单位，用这种拙劣的手段拉下一组竞争者，但还有好几个组，如果专业技能过差，还是一样躲不过被淘汰的结局。

所以这么做并没有什么好处。

周染让赵凡懿打电话给维修部，让尽快安排人过来修电脑，她借了赵凡懿的笔记本电脑登录邮箱。

敲定方案的时候，她第一时间就E-mail给过徐璟一份，所以发件箱里应该还能找到原件。

如果对方真的黑得彻底，那就只能用她备份在手机里的初版B方案，加上她口述了。

创意和方案是没有问题的，最多不被采用，但也不至于被彻底淘汰。

雯雯还在翻箱倒柜找，急哭了："我们要是拿不出来方案，肯定倒数第一，到时候全组都得完蛋，都怪我！"

"欸，你们怎么啦？"

是白宜歆。

周染下载文件的动作一顿，不动声色地将电脑页面最小化，抬头看向抱着一堆文件过来的白宜歆。

白宜歆目光落在周染身上，一脸关切："还有十来分钟就开会了，你们策划案不会都还没准备好吧？今天主题会议，就是要评选最优方案的。”

周染笑得勉强：“我的错，U盘被我弄丢了，电脑刚好坏了。”

“呀？”白宜歆一副吃惊的模样，“那你们这一组的辛苦不就都白费了？”

见周染眼神有异，她尴尬地笑了笑赶紧解释：“不是，我不是说你拖累大家的意思……哎，算了，现在解决问题最重要。周染，你不是跟徐总关系还不错吗？要不你现在过去跟他认个错，解释一下，说不定他能帮帮你？”

语气里莫名有几分想刻意隐藏却藏不住的嘲讽，她佯装可惜的表情：“虽然徐总这个人太看重工作，可能会骂你一顿，你也别太往心里去，有人承担责任的话，至少也不会拖累到其他组员。”

白宜歆说完刻意看了看腕表，无声地催促，等待周染做决定——

要么自己主动捅到徐璟那里，被骂一顿，形象尽毁，淘汰出局。

要么这么坚持到会议上，拿不出策划案当众丢脸，拖累整个小组，被排挤指责。

“周染姐！”雯雯见周染被误会，赶紧过来解释，“我……”

周染示意她别插话，冲白宜歆一笑：“好啊，走吧。”

项目研讨会进行了差不多半个小时，轮到周染他们这组方案展示时，大屏幕忽然一片空白。

会议室瞬间有了几分躁动。

白宜歆赶紧提醒：“周染。”

声音不大，但这会儿听起来格外明显，所有人目光纷纷投向周染。

雯雯和赵凡懿对视一眼，一颗心提到了嗓子眼儿，周染倒是没什么表情，淡定起身往屏幕前走。

徐璟笑了笑，起身递过去一个U盘。

U盘插上，打开PPT，完整清晰的策划案出现在屏幕上。

“我听说，”徐璟低头，漫不经心道，“这组方案的创意已经吸引到别的部门的同事，等不及开会就想提前拿走看一看？”

“提前拿走”几个字咬得有些重。

大家纷纷提了口气，旁边的白宜歆脸上却是白一阵红一阵的，眼底带着几分不可置信和不甘。

明明那会儿周染被骂了。

“既然这么优秀，我也挺感兴趣的。”徐璟点到为止，也没再多说，转过头看了看身边人，“开始讲吧，周染，你最好别辜负大家的期待。”

周染勾了勾唇，关闭掉手机里的B方案，在心底轻轻松了口气。

半个多小时前，在徐璟办公室里，周染确实被冷嘲热讽了几句。

她没有反驳，本来也是，不管什么原因，在职场上，结果就是最直观的。

所以她主动承认了自己的失职之处，随即提出要他从邮箱里把文件拷出来的要求。

他居然笑着反问了一句："凭什么？"

"凭你不想错过一份好方案。"周染决定赌一把。

其实她并没有十足的底气。

倒不是说对自己的方案没有把握，而是她这个做法，实在是存了私心。

按理说，她的方案丢不丢都跟徐璟扯不上半点关系，完全没有义务帮她，而且，他能从邮箱里拷下来文件，她也能从发件箱里拷下来文件，完全没有必要找上他。

但白宜歆使这么垃圾的招数，不就是小女生那点嫉妒心作祟想让她败坏一下形象，丢一次脸，让徐璟对她印象差一点吗？

幼稚又卑劣。

她就想让徐璟出面帮她，反甩白宜歆一记耳光。

不过，她这点小心思，徐璟不可能看不透。

他嘴上没同意，但到底还是这么做了。

周染也不知道自己在试图证明什么。

但就是，没来由地，心情有点晴朗。

05.

会议结束。

米蔓的项目敲定用周染这一组的方案，只不过有些细节问题还需要再进一步修改和调整。

雯雯紧张了一早上，终于松了一口气，出了会议室一把抱住周染“吧唧”就是一口，激动兴奋到不行。赵凡懿被她影响，差点也直接扑了上来，被周染躲开的同时，他后领被人一把揪住，往后拽开好几步远。

赵凡懿到了嘴边的脏话在回头看清来人的那一瞬间立马吞了回去，狗腿地一鞠躬喊“徐总”，然后立马溜了。

徐璟往办公室走，示意周染跟上。

两个人前脚刚进门，后脚小助理敲门进来，说白宜歆提交了离职申请，徐璟点头表示知道了。

“你不谢谢我？”他倒了杯水递过去。

“我不也帮你甩了朵烂桃花。”周染接过来，大言不惭，“互惠互利，你也不用太客气。不过说真的，徐璟，你出国一趟，魅力不行了啊，招来的桃花质量真的是……”她指了指脑子，露出一言难尽的表情，没再说下去。

意会。

“那也比你没有桃花，母胎单身二十四年，好那么一点点。”

“……”

OK。

很好，互相伤害。

见她一噎，徐璟笑了笑，伸手从抽屉里拿出文件夹，递到她面前。

“米蔓的详细资料，包括以往项目的广告风格和偏好分析。”

周染接过来，随手翻开看了看。

内容的确够详细，很多地方还用马克笔做了标记和批注，不失为一份学习的好教材，最后几页是河星湾项目的概况。

“所以，河星湾的项目我们组可以参与？”周染语气难掩惊喜。

毕竟之前也都只是大家的揣测，如果真的能够参与到河星湾的项目，后期就很有可能接手外包成立专项项目组。

“也不一定。”徐璟看了看她兴奋的神色，喝了口水，“我还没想好，总之，看心情吧。”

周染忙着翻看资料，顾不上搭理他。

“友情提示一下，”徐璟支着长腿在她对面坐下来，刷存在感，“明天周末。”

“所以呢？”她头也没抬。

“一般情况下，正常人在拿了好处以后，都是要感谢一下对方的。”徐璟一本正经地不要脸，“你确定在走了后门以后，不回请上司吃个饭？”

“什么叫走后门？我这是凭本事拿的项目。再说了，于公，我帮你肃清了一个工于心计又没脑子的公司毒瘤；于私，我帮你甩掉了一朵无脑桃花。”

“哦，那你的意思是，”他一挑眉，“我该请你吃个饭，感谢你一下？”

周染：“……”

算了！她今天心情好，就不怼他了。

刚想说话，桌上的电话振动起来。

徐璟也没放她走，丢下一句“你考虑一下”，就侧过身先去接了电话。

周染安静地坐到小沙发上翻看资料，偶尔也无意听进去几句他讲话。

应该是总部那边打来的，全程英文交流，都是工作上的事情，好像说有什么人要过来，希望他能跟于飞招待一下。

周染自认英文不错，但是到了后边，涉及的专业词汇太多，她就有些跟不上了。

而徐璟从头到尾应付自如，时不时还能跟对方开两句玩笑话。

好像，跟大学时候也没什么两样。

永远优秀、骄傲，又幽默。

周染不自觉有些走神，目光逐渐从手中的文件上转移到背对着她讲电话的人身上。

那人支着长腿坐在椅子上，侧身对着她，半低着头。

阳光从窗外投射进来，落在他身上，他下颌隐在淡淡的阴影里，勾勒出成年男性硬朗有型的面部线条。

他的确，是有让人心动的资本的男人。

“考虑好了吗？”徐璟挂断电话，回头问她。

周染回过神，咳了两声，手忙脚乱地端起水喝了口，结果还呛住了。

徐璟有点好笑，抽了张纸巾递给她，很自然地帮她拍了拍后背：“跟老板吃个饭，就这么激动？”

周染：“……”

话说不出来，心里却已经在挣扎了。

其实吧，虽说她还要奋斗打击人渣八十年，但是，毕竟今天这事儿也确实是他帮了忙。

再说了，他是上司，拿捏她的职业命脉，决定她的经济来源。

生意场上，正常的交际，一起吃顿饭，应该也没什么问题……吧？

她刚想勉强给他个面子应承下，下一秒，就收到了来自千里之外的母上大人的热情传唤。

周染立马冲徐璟比了个噤声的手势，一秒化身小绵羊，声音都温顺了很多：“喂？我——”

话才刚说了一半，对方倒豆子似的已经说了一大堆。

周染好不容易理清楚头绪，惊道："你已经过来了？"

"嘟"的一声，电话已经被挂断。

她看了眼暗下去的屏幕，抬头看向徐璟，摸了摸鼻子，语气弱弱："那什么，徐总，吃饭这事，要不暂时先算了吧，我明天有事。"

徐璟看了眼她的手机，语气莫名清冷下来："什么事？"

呃……

周染实在没办法说出来，默默地把手机往后藏了点："就一点……私事。"

生怕徐璟再打破砂锅问到底，她说完也没敢多待下去，扬了扬手里的文件夹，说了句"谢啦，我会好好做的"赶紧往外跑。

徐璟看着跑出去的身影，半晌叹了口气，莫名有些挫败，刚生出来的一丁点好心情此刻荡然无存。

他重新坐回椅子上，微信消息闪烁。

于飞发来的，问他明天是否有时间跟总部过来的AE一起吃饭。

他想了想，接受：地址发我。

·第四章·

我勾引你了？

01.

华庭餐厅。

周染一大早被她母上从被窝里扒拉起来，强行换上米色吊带裙、高跟鞋，又几下把她扎起的马尾放下来给卷了卷，然后满意地拎着她出门。

这样确实好看，周染自己也知道，只不过，太不自在了！

她一脸郁闷地跟在母亲身后，想着现在脱掉高跟鞋溜走的可能性有多大。

“磨蹭什么呢？”察觉到身后人的脚步越来越慢，周妈妈回头不满地剜了周染一眼，“别跟我装啊，我看你上大学那会儿，踩个八厘米高跟鞋跑起来都不带喘的，别想跟我说脚疼，疼也得忍着！”

周染还没说出口的话就被怼了回去，她眼睛一转，抓了抓包:

“那我去……”

“你出门前已经上了四次厕所！”周妈妈一眼看穿，“憋也得给我憋回去！别让你杨阿姨跟小帆等急了！”

“妈——”周染忍无可忍，第N次发起反抗，“这都什么年代了，你怎么还搞相亲这一套啊！”

“你以为我愿意啊？”周妈妈恨铁不成钢的样子，“你跟你哥，没一个让我省心的，要不是他今天出差跑了，我非得把你们俩都拎过来不可。你说，你要是能早早带个男朋友回来，我至于大老远跑过来劳心劳肺地给你安排相亲？我闲得慌？”

周染小声嘟囔：“可不就是闲得慌吗？”

“哎，你这孩子，怎么说话呢？我怎么就生了你这么个没良心的白眼狼？”

周妈妈狠狠地戳了戳周染的脑门儿，一转头又一派优雅的模样，温声细语地跟服务员报上包厢号，在对方的带领下，强行拖着周染往里走。

母上万里跋涉专门过来给她解决终身大事，要没点儿结果，估计是不能善罢甘休。

周染知道今天肯定是逃不脱了。

昨天还嘲笑徐璟的桃花质量不高呢。

她要是有个小迷弟什么的，临时拉过来在母上大人面前勉强演场戏，这会儿也不至于被拖过来相亲。

她在心里把周围认识的异性全部都想了一遍，结果发现没一个自己下得去手的。

“叮”的一声，电梯到达六楼，厢门缓缓朝两侧推开。

周染认命地叹了口气，跟着妈妈往外走，却不想一抬头，迎面撞上一个熟人。

徐璟今天穿了一件白色衬衫，正搀着身边的老人侧头跟老人说话，一副态度恭敬语气温和的样子。他无意中瞥到周染，也是一愣。

四目相对，周染没来由地有点心虚，她率先移开视线，不自在地揉了揉鼻子，尽量装出寻常淡定的样子，僵硬地扯了扯嘴角算是招呼，心里祈祷徐璟千万别问她在这儿干什么。

为了尽快逃开眼下这个尴尬的处境，她默默地伸手推了推母上大人，催促她快点走。

偏偏周妈妈没留意到她这边的动静，被她这么一推突然想到什么：“哎，我跟你叮嘱多少次了，别毛手毛脚的，等会儿见了小帆让人家笑话！在相亲呢，你就得注意一下形象，别整天跟个小土匪似的……”

周染想去捂妈妈的嘴，已经来不及了。

她现在只想原地死亡。

然后就察觉到徐璟看过来的视线，似乎是上下打量了一番她今天的装扮。

然后，他就笑了。

她仿佛从他的笑里听到了“这就是你说的私事”。

周染第二次想到了自己昨天嘲讽他桃花质量低的那句话，他当时怎么回来着？

——“总比你母胎单身二十四年好那么一点点。”

哪里只是好一点点？

她现在就觉得自己的脸简直啪啪啪地在响。

母胎单身二十四年，沦落到相亲来推销自己。

还有脸嘲讽别人桃花太烂。

呃……

太羞耻了。

周染低头捂了捂脸，打断母上大人的絮絮叨叨，推着她往前走：“不是说怕人家等急吗，快点走。”

周妈妈愣了下，很快回过神，觉得女儿大概顿悟了，满意道：“这就对了。”

徐璟看着周染落荒而逃的背影，轻呵了一声。

包厢里一派热闹。

除了总部的台柱子AE陈鸽以外，这次还回来了不少人，都是以前和徐璟关系不错的同事，其中还包括在学校时就十分欣赏徐璟的华裔导师苏沥，老头子在国外待了半辈子，再回国觉得亲切得不行，随便扯个话题就拉着于飞和徐璟一通聊，几乎没有停下来的趋势。

徐璟有问有答，但其实心思已经有些不在这儿了。

他满脑子都是方才遇到周染的场景。

还相亲？

他挑了挑嘴角。

拒绝了跟他一起吃饭，结果就是为了出来相亲？

真有追求！

穿得跟个小仙女似的，以为这样就能掩盖住自己抠脚大汉的本质了吗？

就这么想把自己嫁出去？

……

徐璟一边跟几个同事随口聊天，一边想着周染那边相亲场上的事情。

听说有那种一上来就甩房产证车钥匙，要求女方结婚后三年生两个娃在家做主妇的；还有那种背着荣誉证书和英语四六级成绩单跟女方PK的；以及上来就推销保险的……

他越想越觉得又好笑又气。

周染应该还不至于没脑子到真的在这种人里挑一个吧？

那万一她没选，但是被对方纠缠了呢？

毕竟这年头，眼瞎的也不少。

……

“徐璟！”于飞伸手推了他一把，“苏老问你话呢？”

苏沥倒是好脾气，仿佛察觉到他有心事，只笑呵呵地看着他。

徐璟回过神来，因为想太多已经有些心烦意乱坐不住了，顿了顿，还是放下酒杯跟苏老他们倒了个歉，起身推门往外走。

不明就里的于飞想追出去，被早已看穿一切的苏沥笑着按住了。

六楼全是包厢。

徐璟出了门才想起来，他根本不知道包厢号，打电话给周染，那边又一直无人接听。

情急之下，他只好一间一间地挨个敲门去找。

终于找到周染那间的时候，他总算松了一口气。

周染不在。

没有他想象中的油腻男人，包厢里的年轻男人穿了件白T恤牛仔裤，坐在最里面的位置，正跟周妈妈聊天，看上去乖巧又阳光，应该属于时下女生喜欢的“小奶狗”类型。

挺行，还想祸害小青年？

徐璟敲了敲包厢门，说了句“抱歉”，打断了几个人的对话，然后成功地用自己极具欺骗性的外表拐了周妈妈出来跟他“聊了几句”。

02.

周染从卫生间回来的时候，包厢里就只剩下被哄得一脸笑呵呵的母上大人，和坐在旁边正替她泡茶的徐璟。

一老一少，画面和谐得不像话。

不知道的还以为她妈妈找到了走丢多年的亲儿子。

与此同时，手机振动，是十分钟前刚加上微信的相亲青年江帆发来的消息。

JF：姐夫霸气。

JF：周染姐，谢了啊，我先去哄我媳妇儿了，你回头也跟姐夫解释一下。

JF：大家都同在江湖身不由己，别让姐夫误会了。

周染觉得好笑之余，又有点蒙。

她和江帆也都是在双方母亲的逼迫下互相加了对方的微信，然后他才悄悄给她发微信说其实他已经有女朋友了，只不过自家老妈死活不信，非得押着他出来相亲。

得知周染也没有相亲的心思，两人一拍即合，合伙商量了下怎么结束这场尴尬的会面。

结果，她就去了趟卫生间的工夫，事情就已经反转到江帆把徐璟拐来给他做姐夫了吗？

经过她这个姐姐的同意了吗？

她不清楚徐璟在搞什么鬼，捏着纸巾反复地擦着手上的水珠后，慢吞吞地往里边走。

“你这丫头真是，有男朋友都不跟我说一声，害得我办瞎事儿！”周妈妈一脸嗔怪地迎出来，戳了戳周染的脑门儿，在周染震惊又茫然的眼神中，指了指旁边的徐璟，“要不是小璟不放心特意找过来，我还不知道。小帆那孩子也是，有女朋友了还瞒着你杨阿姨，这不，差点就闹误会了，你们现在这年轻人啊……”

一顿念叨。

周染头疼，皱着眉头拼命给徐璟递眼神：你跟我妈说什么了？

后者气定神闲地喝着茶，直接假装看不见。

“妈！”她忍无可忍，解释，“你想什么呢，他不是我男……”

“知道知道，还不是你男朋友。”周妈妈不耐烦地打断，“小璟都跟我说了。哎，你们年轻人你追我赶的事情我也不掺和，反正妈就一句，你差不多就行了，别太折腾人家！行了，那今天这事儿就这样，我就先走了，还得给你哥张罗对象去。”

说完，她别过头看向徐璟，又是一副慈祥和蔼的笑脸：“那你们玩，阿姨先走了。”

徐璟起身微笑：“阿姨，我送您出去。”

“不用不用……”

好不容易送走母上大人，周染才终于松了一口气，紧接着瞥到身边人影时，又没来由地提了一口气。

她之前一直想着，她之所以觉得跟别人相比，在徐璟眼里她还是有点不一样的，是因为她自己心里确实对他还有想法，所以他的一举一动都会被她强行加上暧昧的滤镜。

就像，你喜欢一个人的时候，他只是问了你一句吃饭没有，你都能脑补到他已经单膝下跪向你求婚约你去民政局领证了。

但是这一次，他公然搅毁她的相亲局，还以男朋友的身份出现在她妈妈面前。

还能是她单方面的暧昧滤镜吗？

周染沉沉地吸了一口气。

她实在不是擅长跟人暧昧的人，特别是在徐璟面前，她琢磨不透他的想法和各种举动的原因。

就像四年前，主动高调追她的是他，一声不吭说走就走的还是他。

一直处于被动地位，被他戏耍于股掌间的感觉，实在是太不好受了。

她觉得有必要跟他把所有话摊开了讲清楚，能在一起在一起，不能在一起大不了一拍两散，找祝禾一起去喝一晚上酒，第二天醒来又是一条好汉。

她转过头："徐璟。"

徐璟默默地看着她脸上的各种表情反转之后，终于开口，有点好笑地抬眼："嗯？"

"你是不是……"

话刚说到一半，两道手机振动的声音重合。

两个人对视一眼，然后各自拿起手机：

“喂？”

“喂？”

几秒钟之后，两个人再次交换视线，然后一起往外走。

——家里狗狗跑了。

徐璟的家政阿姨说她去打扫卫生，刚进门就看见狗被别的狗拐出去了，没拦住。

小区保安大叔告诉周染，她家狗追着另外一只狗满草坪撒欢儿跑，然后一起出了小区。

03.

“你怎么就肯定是我家哈哈拐走了你的狗？”周染不服气。

两个人回到小区，顺着保安大叔指的方向一路往外找过去，再往前不远就是周染常来遛狗的小公园。

徐璟坚称是她家哈哈诱拐了他家狗子一起出逃。

周染护短死不承认：“说不定是别的狗子呢。没有证据，别冤枉我们家狗。”

进了公园大门，徐璟踢开她前边的干树枝，要笑不笑地抬头看她一眼：“我家狗很专一，而你家狗……”

“我家狗怎么了？”

“有前科。”

周染：“……”

她反应了一下，想到那天爬狗洞的经历，瞬间懂了他说的什么意思。

“专一？”她轻呵一声，“狗随主人，就你这种能养出专一的狗吗？我还没说是你家小母狗勾引我们家哈哈呢！狐狸精！”

“狗随主人？”徐璟笑了，突然停下来。

周染正在心里酝酿着怎么接他的话怼回去，没预料他冷不防停下，猝不及防撞上去，他正好俯身。

两个人之间的距离猝然拉近，她对上他的眼睛。

他低笑一声，接着说完后半句话：“我勾引你了？”

没……没有！

本来是没有的，但是这会儿从周染这个角度看过去，正好对上他深棕色的瞳孔，平日里寡淡的神色此刻沾染了点意味深长的笑意，一双桃花眼微微上挑，似笑非笑的样子，莫名就多了点勾人的味道。

周染无意识地吞了吞口水，很快错开视线，往后退了两步绕开他继续往前走，小声咕哝了句：“有病！”

顿了顿，她又恶狠狠补上一句：

“跟你家小母狗一样，喜欢自作多情！”

不知道是不是因为早上在餐厅那一出，周染现在怎么都觉得两个人之间的关系有些微妙，但是……又说不清楚。

总之，就很烦。

头顶阳光越来越烈。

周染有些心不在焉地喊着自家二哈，再往前走是公园的小树林，因为侧门荒废太久，这里也很少有人打理，里边杂草丛生，小路已经被遮挡得看不太见。

她正犹豫要不要进去，一抬眼就看见最里边隐约有什么东西在动。

她试探着喊了声“哈哈”，又吹了声口哨，对方又稍微动了一下，但是并没有要出来的迹象。

她只好撩起裙摆，越过灌木丛往里边去。

果不然，两只狗子凑在一起。

这货还挺聪明，连私奔的行头都带了，是她前几天新买的一大袋狗粮，但是似乎因为袋子太大，卡在了侧门的铁丝上，它叼着往前拽了一把，袋口被撕裂，狗粮撒了一地。

这个贪吃鬼就走不动路了。

爱情与口粮，这货两个都放不下，所以索性带着它的小母狗就地饱餐一顿后，找了个树荫处原地休息了。

她好气又好笑，又往小树林里钻了几步。

等看清楚里边两只狗的姿势时，她立马跟见鬼了似的叫了声“妈耶”，瞬间红着脸转过身去，因为动作太急，还往前踉跄了两步。

光天化日，朗朗乾坤！

这老色狗！

徐璟跟在她后边，原本一直盯着她的长裙，总担心她裙摆要被钩住摔个四仰八叉，她这么突然转头跳过来，他下意识地伸手，迎面将人抱了个满怀，皱眉往她身后看："怎么了？"

第一反应是看见蛇了之类的。

"那个啥，"周染回过神，松开他重新站好，还是有点脸热，"你做一下心理准备，我……我跟你说个事。"

"你说。"徐璟看了眼她略微不自在的神色，好整以暇。

周染斟酌了一下："徐璟啊，啊呸，我以后可能都不能叫你徐璟了。"

徐璟好笑："那你准备叫我什么？"

"亲……"

他挑眉："嗯？"

"亲家！"

"……"

撞上徐璟的视线，她又莫名觉得有点心虚，吞了吞口水，又叹了口气，宛如一个替自家儿子操碎了心的老母亲，小心地看着他的脸色，一咬牙："我儿子，一不小心，就可能把你闺女给……睡了。"

徐璟："……"

毕竟是自家狗子祸害了人家的“小闺女”，周染总是没什么底气的，见徐璟半天没接话，她眨了眨眼睛，满脸堆笑，试探着问：“虽然我们哈哈做得有点出格，但是吧，这种事情你情我愿的，应该也没关系吧？我们也不能干预狗子们的感情生活对不对？”

徐璟看了她一眼，冷笑：“你觉得呢？”

“我觉得？”她小声嘟囔，“我还觉得一报还一报，人渣早晚要被别人渣，你狗子也算是替你还债了。”

这话她自然没敢给他听见。

“你放心，”她大手一挥，“我们哈哈绝对不是渣狗，你尽管生，孩子我们会负责的，费用我全包了，崽崽我也全养了，绝对不用你受累。”

全都养了？

徐璟看着她眼底的狡黠，嗤笑一声：“你还挺会想？”

周染原本还想着趁机能赚一窝小狗崽，结果没想到小心思这么快被看穿，她也不觉得有什么，大剌剌地笑了笑：“一般一般，天下第三。”

徐璟毫不留情地否定了她的提意，自己进去找到两只狗，套上狗绳，直接拎了出来。

周染怕徐璟这个人渣发起狠来会炖了她家哈哈，一路上跟在他屁股后边各种说好话：

“事情都已经发生了，不如你先把狗子还给我，我回去肯定好好教训它！”

“不行。”

“那我给你们家狗狗买好吃的赔礼道歉？”

“不行。”

“给你也买好吃的？”

“不行。”

“哎，那你说怎么办才行啊？”

“看心情。”

“……”

04.

“所以，你就决定给他修车啦？”

祝禾跷着二郎腿坐在老板椅上，逗着怀里的小奶猫，看着周染一脸戏谑：“不是说车子不是你撞的，死也不会给他修车吗？这么快就屈服了？”

“什么屈服？”周染从她手里抢过杯子，喝一口，“我这叫识时务者为俊杰，我家哈哈的狗命现在就攥在他手上，万一他一个不开心了，觉得哈哈拱了他的‘小白菜’，痛下杀手给炖了怎么办？”

祝禾呵呵两声：“一点连擦破皮都算不上的小伤，你特意开来我这儿修。我是改装赛车的，被你拿来当修车店使，还说不是为博美男欢心？小周周，你也就嘴硬。”

这话倒是不假。

祝禾接触赛车多年，后来做起汽车改装店，规模不大，专业度绝对不低，接的单子最低也是五位数起，在圈内名气不小，平日里很难预约，现在给周染走VIP通道，就是为了修理车子的一块小凹陷。

被戳中心里小九九的周染被堵得只能翻个白眼表示愤怒，祝禾也懒得调侃她了。

周染被徐璟使唤着倒了杯水端过来，两人惯常斗了几句嘴后，阿亮打圆场带徐璟过去讨论修车的事情了，周染对着徐璟的背影虚虚揍了一拳。

一回头，迎面撞上大剌剌冲进来的人。

“周染姐？我们小禾苗呢？”几人拦在她面前，俱是笑嘻嘻的模样，“哦，对了，上次跟你还没分出胜负。哎，你受伤没事了吧？晚上带上我们小禾苗一起出去跑一圈呗？北城新开的赛道，怎么样？”

一群小兔崽子，为首的叫陈嘉翔，都是附近大学里的纨绔子弟。

陈嘉翔在去年俱乐部的一场比赛里，对祝禾起了心思。久攻不下，三天两头追过来，要么无端生事，要么闹着要比赛，行事浮夸，偏偏自我感觉良好。

周染原本不想跟他们计较，熊孩子们，谁还没个中二时期呢？

不过上次，她出去玩的路上碰到他们，一帮人开着车死缠烂打非闹着要比赛。

说是比赛，其实就是胡闹，根本没留给她拒绝的余地，几个人开着车强行将她逼上路，又是围堵又是追赶，后来遇上突然窜出来的动物，她为了避开猛打方向出了点小事故，这才摔伤胳膊。

这帮臭小子见出了事，立马四散开溜。

自此，周染对这帮人只剩下厌恶。

她懒得正眼看陈嘉翔，径直绕开他，语气是不加掩饰的嫌恶：“不去，滚。”

“周染姐，”陈嘉翔赖着脸皮笑了，“这可不是你说了算，不是还有我们小禾苗吗？”

祝禾刚上楼去喂猫，这会儿也不在这儿。

陈嘉翔环视一周，没看见祝禾，冲身后几个人招了招手，说着就要越过她往里边走，活脱脱一副无赖样。

“你们到底想干吗？”周染将人拦住，冷着脸，“再闹我报警了。”

“不干吗啊。”立马有人笑嘻嘻地接话，“我们翔哥追嫂子，警察也要管？周染姐你这个人怎么一点情调都没有啊？”

“对啊，那句话怎么说来着，宁毁十座庙，不拆一桩婚。”

几个人七嘴八舌地调笑。

一口一个周染姐，但其实根本没把她放在眼里。

“周染姐，”陈嘉翔嬉皮笑脸，“你总这么拦着我，该不会是暗恋我吧？”

身后几个人纷纷不怀好意地笑开。

周染瞥了他一眼，皮笑肉不笑：“你是把防弹衣套脸上了吗？”

后边几个人愣了下，才反应过来是在骂陈嘉翔厚脸皮，没忍住也跟着笑了。

陈嘉翔看了同伴一眼，有些恼羞成怒：“让我进去！”

“不好意思，我们店里不允许动物入内。”周染说完，也懒得跟这帮人再纠缠，招呼阿亮过来赶人。

陈嘉翔面子上挂不住，跟其他几个人使了个眼色，伸手就要去拉扯周染。

祝禾刚喂完猫从楼上下来，见情况不对，一边过来帮忙，一边给周曳打电话。

陈嘉翔仗着自己有点背景，自然不肯就这么放下面子走人，见祝禾下来，直接甩开周染就要过去纠缠人。

但是店里阿亮一帮小伙子也不是吃素的。

双方推推搡搡动起手来。

周染不想让祝禾掺和进来，回头喊店员报警。

陈嘉翔一帮人见状况不对，冲过去要拉着，混乱之中不知道谁推了周染一把，她被推得往后退了几步，不小心踩到地上的工具箱，脚下踉跄两步撞上旁边的玻璃墙，发出“咚”的一声闷响。

陈嘉翔嚣张一笑，刚想讥讽，眼前突然一黑，还没来得及反应，迎面结结实实挨了一拳，腮帮子火辣辣地痛，还没来得及看清来人，又一拳砸过来。

力道不轻，打得他半个身子都往后歪了一下，撞到高处的工具箱，一堆东西“哗啦啦”散落一地。

鼻子一热，有黏糊糊的液体留下来。

陈嘉翔下意识地抬手，抹了一手背血，脸色一白，爬起来啐了一口，扬眼看着面前的人。

周染也怔住了，侧过头来看向徐璟。

他并没看她，眼睛直刺刺地带着刺盯向陈嘉翔，脸上没什么表情，周身却笼着层低气压。

一瞬间，周染想到几年前，邻班男生因为跟朋友打了赌，天天围在她身后转悠。周染不胜其烦，但对方行为举止又很巧妙地控制在半玩笑之间，让她连发火的机会都没有。

徐璟嘴上损她，晚上却等在楼下，以最简单粗暴的方式替她解决了麻烦。

周染轻轻吸了口气，不自觉地攥了攥手指。

陈嘉翔被揍蒙了，对面那个男人一看就是不好惹的样子，但是在祝禾面前他又放不下面子，强撑着虚张声势：“你……你是谁啊，管老子的闲事？”

徐璟冷着脸，只是瞟了他一眼后，又看向周染。

那明显带着威胁的眼神让陈嘉翔有点尽了，悄悄往后退了几步，但又不想在这帮兄弟面前丢了脸，只好强撑着：“你知道我是谁吗？”

徐璟没搭话，自顾自拉起周染的手腕检查。

陈嘉翔讨了个没趣，跟其他几个同伴对视一眼，摸了摸鼻子：“你信不信我让你混不下去？”

“不信。”

陈嘉翔：“……”

徐璟斜着扫了他一眼，往前走了两步。

周染生怕徐璟再动手，拉住他：“徐璟。”

陈嘉翔踢到了铁板，又摸不清对方身份，不由得有点心虚。几人交换了个眼神，爆了句粗口，骂骂咧咧着自己寻了个台阶推搡着走了。

周染嘱咐前台小妹下次再看见陈嘉翔来就直接报警，说完又去倒了杯水把徐璟刚才打翻的那一杯换掉，对上他的视线，她莫名有点不自在，抬手摸了摸脖子。

好了，今天又欠他一次。

她正踌躇着要不要道个谢，徐璟已经气笑了：“周染，你平时奓毛那一套，是不是就只敢对我用？”

周染：“……”也没有。

她想说其实刚刚就算他不动手，她照样可以搞定。

徐璟呵笑："窝里横。"

周染本来就心虚，这会儿被说了也只是低着头，一句话也没反驳。

不然好像证实了她只敢对他爹毛一样。

等训完了，祝禾凑过来，戳了戳周染的肩膀，奸笑："小周周，我怎么感觉这不像是你说的要拼个你死我活的绯闻前任呢？我看着这徐璟对你就，也不太像……"

"你懂个屁！"周染蹲在地上收拾散落在地上的配件，没好气地打断她，"小禾苗，来，姐姐今天教你一招，千万不能被表面现象给骗了，这就是人渣的惯用伎俩，先撩后杀，屡试不爽，人渣过境，寸草不生。"

祝禾笑意更深。

周染："干吗笑得这么猥琐？"

"我也没说他撩你啊！"

"……"

"啧啧啧，人家好像也没做什么，你这就已经春心萌动了？还说什么……"

"闭嘴。"

·第五章·

LIANAI
QINGKONG
YIWANLI

/

我知道了，我也挺喜欢我自己的，再见

01.

周曳赶过来的时候早已经风平浪静了，他冷着脸冲进来环视一周，走到祝禾面前："人没事吧？"

周染故意笑嘻嘻地凑上去："我没事，我没事。"

祝禾笑着推她："谁问你了？"

看样子也知道没什么问题，周曳这才松开眉头，嫌弃地啧了一声："没事那我回去了。长点脑子，下次有事找警察比找我有用！"

"我不！"祝禾踢了他一脚，"我就找你，有本事你别接电话，别过来。"

周曳看了她一眼。

"行了，走了。"

"哎……"

祝禾刚想追出去，周曳一回头看见站在不远处的徐璟。

几年不见，他倒是没变多少，支着长腿往那儿一站就够祸害人的。

徐璟察觉到这边的视线，转过头看见周曳，正想过来打个招呼，就看见周曳脸色一黑，直接无视他。周曳折回去环视一周："周染！"

缩在角落里努力降低存在感，正弓着身子准备悄悄逃离修罗场的周染，被抓了正着，不得已闭了闭眼，默默地转过身来，语气弱弱地喊："哥——"

"别叫我哥！"周曳没好气。

"哦，"周染从善如流，"周曳——"

周曳："……"

他真的觉得，如果有一天自己死了，一定是被这个便宜妹妹气死的。

"你记不记得以前你怎么跟我说的？"

为了防止她溜走，周曳抬手一把揪住了她的胳膊，突然想到什么，嘶了一声："我说你最近这么安分，都没在我眼皮子底下晃荡。我昨天刚出差回来，就听妈说你有男朋友了，我还寻思着你为了逃避相亲真的什么谎都扯了，弄了半天，原来又上赶着找上这个人渣了？"

周曳脸上挂着几分笑，却是真的动了气。

周染也生怕周曳一时气急，再说什么不该说的话，使了吃奶的力把他拉到休息室：“哥，你别听妈说那些，妈那情况你也知道，她走路上见到只母猪都想拉回来给你做老婆……”

周曳：“……”

周染：“呃，我不是那意思，我就是说，你先别生气，事情不是你想的那个样子，我跟徐璟纯属工作上的关系，今天过来也只是过来帮他修车，真的！”

“他没手没脚还是没驾照没司机？”周曳没好气地看着周染，“需要你帮他修？”

“不是，”周染也不知道怎么解释那天的事情，要真说出来了，周曳估计会气得当场把她和徐璟一起宰了，她只好一咬牙自己背锅，“我那天不小心把他的车撞了一点点。”

“你撞他的车？”周曳气笑了，“你闭着眼睛单手掌控方向盘用两百迈的车速都能通过S弯道的人，跟徐璟那种闭着眼睛把车子倒着开都不会轧死一只蚂蚁的人，怎么才能撞上？你告诉我？”

周染：“……”平时也没见你这么信任我的车技啊。

“行，就算我信了，”周曳压着火气，“周染，前几年你因为他去参加那什么破烂赛车节，结果差点儿把命搭上，你耳朵后边的疤现在不疼就不记得了？他这才回来几天，你又能跟他再撞车，这叫什么？八字不合五行相克！你要是嫌自己命太长了就使劲儿作！”

得！红旗下长大的人连八字不合都搬出来了。

周染又气又好笑。

她当然知道，周曳是为了她好。

在出事之前，徐璟还没走的时候，周曳跟他关系也不错，偶尔也会开开他和周染的玩笑。

但后来，周曳确实被那场事故吓怕了。

他不能把事故怪在妹妹头上，又找不到别的发泄口，所以只好把这些推给徐璟，连带着把徐璟这个人推开。

周染都知道，所以她也没再多跟他争论，放软了态度，轻轻抱了抱他："哥，我知道你是为我好。"

见她这副主动示软的样子，周曳反倒也发不出脾气了，想起她之前伤了胳膊的事："胳膊怎么样了？上次让你去复查，你去了没？"

轻度骨裂，不是什么大问题，周染没往心上放，这会儿又被提起来，她弱弱地应着："没。"

周曳气不打一处来："你是等我押着你去医院？"

"我这周……"

"现在去。"他站起来，气势逼人，"要我送你？"

"不用，不用。"

周染不敢在这个时候再违逆老哥大人，一溜烟跑了。

徐璟一直在休息室外面，明显有种人在外面心在里面的状态，一见周染跑出来，立刻紧跟着往外走。

周曳见一前一后出了门的两个人，又沉了沉脸，拔腿就要往外跟过去。

祝禾见状戏精附体，一把抓住周曳："哎，周曳！我突然有点头疼！你帮我看一下是不是磕到后脑勺了？啊啊……好疼啊！"

周曳立马顿住步子，眉头紧皱，回身看她："哪儿疼——"话说到一半，眉头一垮，松了口气，又有些无语，"祝禾。"

"啊！你看看是不是流血了，特别严重……"

"你捂的是脖子。"

"哦。"祝禾谎话被戳破，脸红了红，但抓着他衣角的手没松，硬着头皮瞎撑，"那可能就是撞坏脑子了，傻了，所以神经错乱，捂错地方了。"

"……"

顿了顿，周曳还是妥协般折回去两步，拉住她，有点无奈："过来，我看看。"

02.

周染没有真的想去医院，上次医生也说问题不大，更何况她这段时间完全没有觉得有什么不适，所以不想娇气兮兮地复查一次。

她实在讨厌医院那个地方。

但是她没想到身后跟了个徐璟，二话不说强行将她拐来了医院。她有些来气，想说他多管闲事，一转头看他的脸色，又默默地闭了嘴，连带着肚子里的那点火气，都消散得无影无踪。

休息室和外间会客厅离得本来就不远，她不确定，徐璟听到什么没有，听进去了多少。

一路沉默。

到了医院，排队，挂号，开单子，拍片，等结果，复诊。

一系列流程走下来，也费了不少工夫。

从诊室出来，已经接近下班时间。

周染想要不要喊他一起去吃个饭，试探下他到底有没有听到周曳说的话，如果听进去了，她可以解释一下，或者索性趁机把话说开。

正想着，身后一帮孩子打打闹闹从电梯上跑下来，她本来就有些走神，突然被接连撞几下，撞得身体一歪，头发也顺势往旁边散开一点，从徐璟的角度看过去，隐约可以看见耳后到脖颈间的一道疤痕。

细细长长，蜿蜒下去，不正常的暗淡，跟周围的白皙形成鲜明的对比。

他几乎心跳骤停，下意识想伸手过去。

周染心里一惊，往后退开两步，一把拍开他的手，语气有些慌乱："我没洗头！"

她不动声色地理了理头发："那什么，我就是想说，你别随便摸别人的头发。"

徐璟没多说什么，收回视线，好像刚刚什么也没发生一样，转移话题："你饿不饿？我去买点吃的。"

周染见他脸上确实没什么异样的神色，才放下心来，点头："好。"

从医院出来，徐璟嘴角的笑意一点一点冷下来。

周曳的话还在他脑海里盘旋，从周染刚刚的动作来看，真实性已经得到了验证。

他缺席的这四年，她发生了什么事，他一无所知。

他第一次开始后悔当初的冲动和骄傲。

等到徐璟离开，周染才去卫生间照了照镜子。

疤痕在耳后，是视线盲区。

她理了理头发，把它遮住，又忍不住摸了摸。

出事那天的惊恐还历历在目，车子侧翻，碎片插入后颈，距离动脉不足十厘米的距离……她几乎跟死神打了个照面。

现在想想，都还后怕。

其实不用周曳叮嘱，经历过生死，她比谁都更惜命。

但并不代表她就能让这件事成为她和徐璟之间的羁绊，无论是共度余生，还是老死不相往来。

她收回思绪，整理好头发，对着镜子挤出一抹笑，洗了洗手，转身往外走，结果刚出卫生间的门就迎面被人拦住："染染。"

周染抬头，愣了。她没想到会在这儿遇到傅泽琪，但仔细想想，好像也没有什么好意外的。

毕竟以前认识的时候，他就是医学生。

倒霉透顶。

她没打算多搭话，极其敷衍地扯了扯嘴角，压下心底的厌恶，随便打了个招呼："傅医生。"步子却是没停。

"我等你好半天了。"傅泽琪笑得温和，脱掉白大褂挂在臂弯，无视她的不耐烦，紧跟着追了两步并肩，一副老朋友的亲昵态度，"一起吃个饭？"

"不用。"周染边往外走边翻徐璟的电话号码。

"染染，"他紧追不放，语气无奈，"这么久不见了，你怎么还这种小孩子脾气？"

一副老好人被无情拒绝的姿态，和以前无异。

但是周染真是恨透了他这副样子。

如果他没有假装绅士却故作暧昧，没有打着兄弟徐璟的幌子约她出去吃饭，没有在被她拒绝告白后还继续以朋友的名义各种纠缠，没有趁着她醉酒试图将她带去酒店，没有背着她背地里跟所有人说他们已经在一起，没有妄图脚踩两条船……

她不敢再回想之前种种，遗憾的、痛苦的似乎都是从这个人出现开始到来。

见周染没有停下来的打算，傅泽琪快走两步挡在她面前："染染，以前的事都是误会，我喜欢你，周染，你知道的。”

大厅入口处。

徐璟看着不远处纠缠在一起的两个人，眼底染上一层郁气。

“哐当”一声，刚买回来的饭和热饮被丢进垃圾桶，发出不小的动静，宣泄着主人的烦躁情绪。

他嘴角抿得平直，因为用力，手背上的青筋凸起，两秒后，抬脚往前走。

不远处，纠缠还在继续。

见周染没什么反应，傅泽琪忍不住拉住她想拥她入怀：“我喜欢……”

“哦。”周染推开他，抬眼，脸上却没什么表情，“我知道了，我也挺喜欢我自己的，再见。”

傅泽琪一噎。

以前在学校的时候，他就喜欢周染，也知道她不喜欢自己，所以背地里使了不少手段成功除去劲敌徐璟，结果还是没能和她在一起。

这次在医院碰到，他多少还有些不甘，毕竟徐璟出国已经好几年了，他不相信凭自己的实力，还是拿不下她。

“别闹了，染……”

“滚！”

周染一把拍掉落在她肩膀上的手，面上和眼底的厌恶不加掩饰。

傅泽琪愣了。

周染看都没再多看他一眼，扭头就走。

终究没有走远站在角落一直看着他们的徐璟，收回目光，脸上的表情松弛下来，垂下头，若有所思。

出了大门，周染莫名觉得烦躁。

事情都过去这么几年了，她明明什么都还没做，为什么一个两个的，都要过来强调她和徐璟不合适？

她推开玻璃门，看见站在门口等着的徐璟。

没什么表情，两手空空。

“吃的呢？”她肚子饿得直叫，加上刚刚被傅泽琪纠缠到一肚子火气，语气有些不悦，“不是说去买东西吗？”

“卖完了。”徐璟大言不惭，又看了看她眼下这副奓毛的样子，有些不忍，“带你去别的地方吃。”

“为什么？”明明旁边就有便利店。

徐璟已经先往车边走了，想到刚刚在医院看见的人，面无表情地回复：“这地方风水不好。”

周染：“……”

你还信鬼神之说？

她自己也没留意到，刚才还有些压不住的烦躁和怒火，已经不知不觉悉数消散。

03.

“这事儿简单啊！”

一大早，卫扬坐在徐璟办公室里，她最近被于飞那个闹腾鬼烦得不行，好不容易得了半天空，随便找了个给徐璟送几盒咖啡的由头，过来躲个清净，结果发现徐璟情绪也不高，聊了两句后才知道他前两天碰上傅泽琪的事。

她拆开盒子，从里边拿出一袋咖啡撕开，倒进杯子里去接热水：“我晚上帮你把傅泽琪约出来，你喊上于飞一起，反正他最近也闲得没事儿干。到时候我给你们弄个麻袋，给人往头上一套，找个没监控的犄角旮旯，把姓傅那小子揍一顿，揍得他以后看见你就躲，再也不敢跟周小染搭话，不就完事儿了吗？”

她继续说：“换了我，上大学那会儿就把这姓傅的揍成狗头了，”她搅拌着咖啡，语气漫不经心，“这种人说白了就是欠，要碰上我了，暴躁老姐分分钟教他做人。”

徐璟：“……”

“嫌太野蛮了？那我换个方法，你就把……”

“卫扬。”他冷声。

“行行行。”她笑了，往沙发上一躺，随手翻了本杂志，“不过，你这一直吃闷醋有什么用？你得让正主知道，周小染呢？你把她喊过来，我帮你。”

“不用。”

徐璟有些头疼，早就该知道她这位工作狂魔也出不了什么好主意。

“我跟你说啊，”卫扬有一下没一下地划拉着手机，“你别觉得我不靠谱，上一个不相信我能力的人，成功地错过了净赚八位数的机会，现在估摸着还躲在厕所哭唧唧呢。听我的，我办事效率绝对没问题，你把周染喊进来，我明天就能把她给你送进民政局。”

“然后你跟我一起进警察局吗？”

“……”

行吧。

卫扬简直不想跟他说话了：“不听我的，你就可劲儿作吧，等周染哪天实在受不了你了，一封辞职信过来，直接拍拍屁股走人，到时候你就哭去吧！”

“她不会辞职的。”

“你就这么肯定？”撞上他的眼神，卫扬放下杯子，“行行行，就算她不会辞职，那你能保证傅泽琪那浑蛋不会再过来纠缠她？你上次都撞见一次了，你能保证他不会趁着你不在的哪天，又去找她？”

徐璟脸色一沉。

卫扬：呵呵，让你不信我的。

她刚想趁机再出一波主意，徐璟没给她说话的机会，俯身从抽屉里拿出一沓文件，随手翻了两下，然后拨通内线电话："杨总监，河星湾的项目合同是不是还没有拿给负责人看过？

"你十分钟之后过来，拿给周染签字。"

卫扬听到后一句，忽然想到什么，从沙发上弹起来："禽兽啊你！"

徐璟笑笑："彼此彼此。"

河星湾的项目，周染期待已久，只不过没想到进度这么紧，米蔓的案子早上刚从她手里交出去，下午新的项目合同就已经送到了她的桌子上。

杨总监笑眯眯地等在旁边。

周染正在做手上的报表，赶着十二点前发邮件，这会儿被他这么一直盯着，有点莫名其妙："谢谢？"

杨总监依旧保持微笑，没走。

"杨总监，这个很着急吗？"周染忍不住问了一句。

按理来说，一份合同，又不在什么节骨眼儿，也不急在这两三分钟。

"不急，不急。"杨钦依然笑眯眯的，又动了动嘴角，一副欲言又止的样子。

周染"哦"了一声，继续做手头的事情，原本想着先把邮件发出去以后再签合同，但是杨钦一直没走，就这么默默地盯着她。

她被看得浑身不自在，总觉得哪里怪怪的，但是想着这合同反正也是要徐璟经手的，又有法务部把关，应该不会有什么问题，所以索性拿起来草草翻了一遍，直接签上大名，递给杨钦：“好了，谢谢。”

“OK！”

杨钦拿了合同回去，没走两步就接到电话。

“签了吗？”

杨钦：“签了，不过，徐总啊……”

“说。”

“不是，我没有别的意思，我就是觉得啊，这个新项目交给小周这么个新人，是不是有点不太合适？毕竟她才刚进公司，您看，或者是不是再加个有经验的人进组，会比较好一点。”

徐璟笑笑：“是不太合适。”

杨钦松了一口气，心里一喜，刚想再说两句，结果对方紧接着道：“那要不，你来？”

语气阴恻恻的。

杨钦到了嘴边的一句“好啊”又默默地吞了回去，打了一半的小算盘夭折，干巴巴咳了两声：“我不是这个意思，就……”

“对了，你告诉周染，从今天开始，下午留下来加班。”

杨钦一脸狐疑，还来不及再多打探两句，电话“嘟”的一声被挂断。

呃……

他真的有点看不懂这位新来的总经理了。

本来想着小周入职第一天就撞了他的车，给领导的第一印象肯定很差，再加上后边徐璟确实三天两头折腾人小姑娘帮他各种跑腿。

两个人看着也挺不对付的，他一度以为小周早晚会辞职，结果这一转头，徐璟竟然让她参与河星湾这么大个项目，还在项目合同后边补充了附加协议。

周染没来得及细看，但他可是看过了。

基本上是相当于剥夺了她的所有个人时间。

然后……加班？

杨钦灵光一闪，好像忽然就明白了。

徐总就是故意把人绑在公司，然后天天逼着她加班，长期折磨？

啧！

他摇了摇头。

得罪上司真可怕。

他以后还是得坚决站队徐璟，老老实实按徐总脸色办事，好好表一表忠心。

/

我 们 还 能 在 一 起 吗 ？

恋爱晴空一万里

01.

河星湾项目提上日程以后，周染才总算彻底了解到了职场的艰辛。

甲方爸爸是真的难搞。

徐璟更是难搞。

第一版方案交上去，还没到甲方手里，就直接先被徐璟批得体无完肤，周染耐着性子一整晚一整晚地通宵修改。等到好不容易通过了徐璟这一关，甲方临时又加了新条件，她费尽心思做的创意全部推翻重来。

而徐璟这个魔鬼，工作起来更是不要命，天天带着她疯狂加班，偶尔出去吃个饭，他也要时时刻刻跟着。

周染觉得，接了个大项目，简直是给自己黏了条尾巴。

临近五一，祝禾很早之前就约了周染和周曳一起去B城玩滑翔伞，周染也已经惦记很久了。

只不过，她看了眼徐璟办公室的方向。

现在已经晚上七点了，他依然没有要下班的迹象。

“小周周，你不能这么惯着他啊我跟你说，”祝禾在电话那头说，“不能因为他是你男人你就不能有点自由时间啊，五一是国家法定节假日，法定的！国家都发话了让放假的！他要加班你让他自己加去，这个没有情调的老男人！”

周染：“你好好说话。”

电脑上微信页面有新好友通知，估计又是来挑事的客户，她看都没看一眼，直接点了通过。

祝禾还在那边愤愤不平地嚷着，非要让周染把电话拿给徐璟，她要自己去跟徐璟说说放假的事。

周染见徐璟过来，生怕被他听见，压低了声音，然后帮他找出文件放到桌上，打了声招呼，自己去楼梯口接电话。

徐璟点了点头，也没多说什么，顺势在她的座位上坐下来，然后无意中瞥到浏览器里滑翔伞基地的相关搜索记录。

他本来也没想着连五一假期都拖着她在公司加班，正计划着找借口约她出去，看到屏幕上的搜索信息，顺便点开多看了两眼。

助理打电话过来问订餐的事情：“还订两份吗？”

“今天不订了。”他在手机上翻了翻附近的餐厅，想了想，又看着电脑屏幕上的滑翔伞基地，“等等，你帮我查一下B

城的……”

话说到一半，屏幕下边的聊天对话框闪了一下。

他看了一眼，眼底的温度冷下来：“算了不找了，今天还是两份套餐，送到公司。”

屏幕上，微信消息。

F：在吗？

F：染染，我是傅泽琪。

F：不好意思，上次是我情绪有些失控，你五一有空吗？我去接你？我们聊聊？

徐璟看了眼楼梯口方向。

安全门紧闭，周染电话还没有打完，也没有要回来的样子。

顿了顿，他抬手敲键盘：不聊，滚。

想了想，他又补上一句：以后再敢骚扰我，我男朋友打死你。

对方回复得很快：你有男朋友了？

徐璟冷笑一声，直接删除聊天，拉黑联系人，关掉对话框，然后拿起桌上自己需要的资料，若无其事地拿着文件夹起身离开。

脸不红心不跳。

整个过程行云流水，一气呵成，看不出丝毫端倪。

回办公室的时候，他迎面撞上打完电话回来的周染。

“徐璟，”周染想到祝禾的各种威逼利诱，还是决定试一试，“五一我能不能……”

“不能。”徐璟面无表情地打断她的话，“继续加班。”

周染：“……”

我话都还没说完呢。

助理办事效率很快。

不到二十分钟，外送小哥拎着吃的到了公司楼下。

但是因为是下班时间，电梯进行例行维修，只留了一台客梯暂供使用，小哥没挤上电梯，又赶时间，于是只打了个电话通知了一声，就把东西放在了楼下前台，徐璟只好自己下楼拿外卖。

周染等了好半天也没见他回来，打电话又没人接，心想着徐璟该不会把她一个人留公司，自己先回去了吧。

她想了想，打算自己下楼看看。

结果刚出电梯，就愣了一下。

女人卷发大红唇，穿了件低领的修身长裙，下摆开衩到大腿处，隐约露出白花花的大长腿，姣好的身形展露无遗。

此刻，女人正跟徐璟说着什么，两个人面对面站着，她还有向前的架势，几乎要贴到徐璟身上去，徐璟倒是背对着这边，看不见神色。

周染瞬间来了火气。

她老老实实跟他加班，结果他倒好，下来拿外卖的空当，也不忘撩妹。

周染咬了咬牙，半晌嘴唇微动，吐出一个字：“浪。”

然后大步走过去。

文丽丽好不容易有机会跟徐璟搭上话，还没来得及多说两句，就莫名其妙冲出来一个女孩子，二话不说往两个人中间一站，瞬间拉开了他们的距离。

“你是谁啊？”文丽丽小脸一僵，眉头紧蹙，又侧过头去看徐璟，满脸控诉，“她……”

“徐璟，”周染像没听见她说话一样，转过身冲着徐璟笑，语气却是咬牙切齿，“你闺女等你接她吃饭呢！”

文丽丽惦记徐璟好久了，从来没听说过他结婚有小孩，听到这话先是愣了下，然后很快反应过来，嗤笑一声：“这位小妹妹，玩笑不能这么开啊，我怎么不知道徐璟有女儿？”

“再说了，”她看了眼徐璟，意有所指，“你妈妈没教过你，凡事讲究先来后到啊？”

见徐璟半天也没说话，周染彻底没耐心了，踢了踢他的脚尖：“你走不走？”说完也没给他答话的机会，自己先扭头走了。

徐璟看着愤愤转身的背影，笑了笑，抬脚跟上。

文丽丽从身后追上两步，一把拽住他，满脸惊讶：“徐璟你真的有……”

“还没闺女。”徐璟不动声色地避开她的手臂，视线还留在前边的人影身上，笑了下，“不过，女朋友管得严，我跟别人说话，她会不高兴。”

“哦，对了，”他又折回来，从她手里拿过袋子，“下次看清楚，别再拿错外卖。”

文丽丽愣了下：“我……”

周染听到后边脚步声跟过来，火气才勉强下去了那么一点，也不等他进电梯，直接伸手按关门键。

电梯门在闭合前被伸进来的外卖餐盒拦住。

周染转过头去没看他。

“不是说等我接你吃饭吗？”徐璟单手挡住电梯，把餐盒递到她手里，“闺女？”

周染：“……”

见她没说话，徐璟笑了笑，低头看了眼时间：“走吧，带你去外边吃。”

“不去！”

“真不去？”他心情不错。

周染一把拍掉他伸过来的手，没好气地说：“加班！”

“行吧。”

不远处，看着这边的杨钦手里的包“啪”地掉到了地上。

他刚被老婆痛骂了一顿丢三落四，灰溜溜折回来拿落在办公室的钥匙，结果刚进公司大楼，就看见周染和徐璟一前一后往电梯方向走，前者气势汹汹，后者则一言不发地拎着外卖袋，可怜弱小又无助。

像无数次被老婆欺压的他。

进了电梯，徐璟上去搭话，结果被周染又是一通怼。

女人真的可怕啊。

他突然特别能感同身受。

于是，直男老杨立马脑补了一出“员工捏着老板把柄，表面上装作小绵羊，背地里各种威逼利诱欺压老板”的年度大戏码《职场风云》。

他总算知道为什么徐璟要把大项目给周染，还要把人签在他手下了。

交易。

周染替徐璟保守秘密，徐璟帮周染升职加薪。但是徐璟心里肯定不服气嘛，所以天天借着加班压榨她。

所以索性把人留在自己身边，一来方便监视，二来，君子报仇，十年不晚，他老板总有翻身的一天。

就像他一样，总有一天能翻出老婆的手掌心。

手机振动，他看了眼来电，立马放到耳边，满脸堆笑：“哎喂，老婆……我知道错了，知道错了……老婆您放心，我肯定会跟新上司搞好关系的，争取升职加薪，年底再给你换辆车……什么？

想吃小龙虾？好好好，我现在就去买……包啊？你不是昨天才刚买……好好好，买买买！”

……

他看了眼两个人离开的背影，长长地叹了口气。

同为男人，放心吧小徐，杨哥不会让你再成为下一个我的，帮你出气这事，就包在我身上了。

02.

五一假期，周染到底没能跟祝禾一起去B城。

结束加班的第二天，她总算舒舒服服地泡了个澡，只能隔着视频羡慕在海边蹦跶的祝禾。

著名的海岛城。

祝禾穿了件大红色吊带长裙，戴了个大大的遮阳帽，背景是深蓝色的大海和雪白的浪花，舒服得不行。

而她身后，嘴上说着自己忙成狗，海边没什么好玩的，他死也不会陪她去浪费时间的男人——周曳，此刻正低头专心致志地帮她开椰子。

周染隔着屏幕酸成了柠檬精。

“你发视频过来就是为了跟我显摆你的浪漫二人行？”她趴在床上，翻了个身，揉了揉哈哈的狗头，“还是其实是为了感谢我这只电灯泡很有眼力见儿地没参加这次的B城之旅，成功给你们创造了二人世界？”

祝禾还没来得及说话，身后的周曳板着张脸，不耐烦地走过来，把手里的椰子插好吸管递到她手上，一边说着麻烦，一边拿了件外套强行裹她身上：“穿这么少，晒死你算了！”

祝禾不服气：“穿这么多热死我算了！”

“你麻不麻烦，你看看都几点了，谁还跟个傻子似的露胳膊露腿的？你干脆在沙滩上裸奔算了！”

“你想得美！”

周曳气得不想再说话。

周染：“啧啧啧。”

祝禾挺得意，“嘿嘿”笑了下，吸了口椰汁，转过头来看着屏幕，接着刚刚的话：“当然不仅仅是为了感谢你成全我们的二人世界！最主要的还是想在你面前秀秀恩爱，不然多没成就感啊！”

周染：“我一脚踹翻你这盆狗粮，并且打爆你的狗头你信不信？”

两个人又随便扯了几句，周染实在看不下去视频那边两个人打情骂俏的场面，直接挂断视频，默默地抱紧哈哈的狗头。

三分钟之后，又突然想到什么。

哈哈也是有老婆的人了。

单身狗只有她一个。

她又一脸嫌弃地粗鲁推开哈哈。

哈哈：“……”

周染重新瘫在床上，把玩着手机，鬼使神差地翻到了徐璟的朋友圈。

其实也没什么好看的，寥寥几条，几乎全都是晒狗子的照片，偶尔夹杂着几篇随手分享。

她有些走神，手一滑点了个赞，内容是《计划体系改进案例与ERP执行》。

周染：……

谁会好端端地翻到别人三个月前的一篇分享去点赞啊？

可是现在取消的话，好像又显得心里有鬼一样。

她抱着手机在床上打了个滚儿，很快屏幕又亮了下，她一颗小心脏也跟着振了下，翻过来看了眼。

是杨总监发来的消息。

她刚松了口气，看到内容，又崩溃了。

杨钦说晚上有个和合作方那边的饭局，喊她晚上一起过去。

半天等不到她的回复，他又抖了她一下：收到请回复。

周染看着不停抖动的窗口，强行装死。

没一会儿，微信也有消息进来。

渣狗：晚上有时间吗？一起吃饭。

这边，徐璟一边翻看着于飞发过来的不靠谱的恋爱攻略，一边等着微信回复，见半天没反应，他想了想，又很官方地补上一句：

最近加班辛苦了，犒劳一下你。

周染又看了眼微信消息。

呵呵，就一个应酬局，说得这么好听？

她揉了揉哈哈的狗头，然后一骨碌从床上爬起来。

行吧。

看在你亲自邀约的份上，本女王勉强给你个面子。

她给徐璟和杨钦各回复了句“好的”，然后爬起来换衣服化妆。

晚上九点。

于飞不情不愿地代替徐璟参加饭局，一边吐槽他为了妹子抛弃兄弟，一边还要保持微笑跟各位合作伙伴推杯换盏。

最让他火大的是，这位杨总监脑子好像有点毛病，从头到尾一直胳膊肘往外拐，帮着外人给自家公司妹子劝酒，是怎么回事？

“喂，别喝了。”

他之前在公司见过她，印象也还挺深，毕竟能放下花痴属性敢于跟徐璟正面刚的女孩子，除了卫扬也就她了。

趁人不注意，于飞倒了杯白水悄悄推到周染身边，低声提醒她：“酒局上，不用这么认真，装装样子就行了。”

他忍不住又说：“你是不是哪里得罪姓杨的了？他今天晚上怎么一直灌你酒啊？”

他继续叨咕：“我跟你说啊，这事儿你回去必须得跟老徐告一状，这姓杨的，太狗腿了。”

于飞也没办法，他本来就常年驻外，在这边也没什么威慑力，所以三番五次暗示杨钦，对方都当没看见，该劝酒还是照样劝酒。

“向徐璟告状？”周染又喝完一杯酒，红着脸眯了眯眼睛，“呵呵。”

今晚这饭局，搞不好就是徐璟恶意报复她那天搅黄他泡妹子的事情。

先是喊她出来吃饭，然后自己又不露面，只留下杨钦这个狗腿子全程帮着外人折腾她。

徐璟这小心眼估计就是存心的。

亏得她还信了他的邪，以为这段时间相处下来，大家都可以一笑泯恩仇了，还特意花了两个小时化妆，换了衣服，收拾得美美的，打算借机跟他和解。

于飞谁也劝不过，只好作罢，自己装醉瘫回椅子上给徐璟打电话，结果对方正在通话中，他在心里又骂了句徐璟，一低头看见旁边椅子上的手机屏幕正闪烁着。

来电显示：徐璟。

于飞：？？？

不好好约会给周染打电话干吗？

他这么想着，还是把手机给周染递过去，只不过周染喝得有点晕乎，还在跟其他几个人说话，也没搭理他。

于飞想了想，走出包厢接了电话，还没来得及出声，对面劈头盖脸先是一顿嘲讽：

“怎么，周染？忙着跟姓傅的吃饭看电影轧马路，还有工夫接我电话？

“你知不知道现在几点了？你还能不能想起来我在这儿等你吃饭？

“合同上白纸黑色写的，项目期间你的所有时间归公司所有，你跟人出去跟上司汇报过了吗？

“有没有时间观念？”

……

于飞听得一脸蒙，然后没忍住“扑哧”一声笑了。

这边黑着脸在餐厅等了半个多小时的徐璟顿了顿，察觉到不对：“于飞？”

“喂，老徐？”于飞稍一思索，就想明白了眼下的情况。

大概就是徐璟约人出去吃饭，但是阴错阳差下，被周染理解为一起参加这个饭局，结果她在这边愤恨徐璟失约，徐璟在那边气她放他鸽子。

“行了，你赶紧过来吧，你手下那个姓杨的，把你媳妇儿灌醉了。”

03.

徐璟赶过来的时候，饭局也已经散得差不多了，只剩下杨钦还在跟最后几个人坐在包厢里吹牛皮。

周染喝得醉醺醺地趴在椅子上，一动不动。

徐璟今天本来就找了托词才没来这个饭局，这会儿再这么进去怕被这帮人缠住喝酒，他站在包厢外，看着趴在里边的周染，皱了皱眉，然后把衣服上的帽子扣在头上，压低了声音喊她："周染，出来。"

于飞在旁边看热闹看了个够，见徐璟破罐子破摔要直接冲进来了，才帮忙把周染扶出去交到他手里，还不忘冲他打了个口哨："兄弟，这次欠我顿饭啊！"

徐璟白了他一眼，带着人就往外走。

好在周染喝多了酒也不吵不闹，没有了平日里针锋相对的尖锐，像个听话的小朋友。

她轻微皱着眉头，脸颊到耳朵都染上一层绯红，一路蔓延到脖颈，嘴唇因为喝了酒的缘故，红润又饱满。整个人侧靠在他怀里，头偏向一边，乖巧又安静。

他过来的时候肚子里那些火气，又一点点熄灭下去。

"染染，醒醒！"他有些无奈，轻轻拍了拍她的脸。

周染眯着眼睛凑过来，仔细打量他半天，就在徐璟以为她清醒了一些的时候，她低声咕哝了两句，脑袋一歪，又重新倒了下去。

徐璟："……"

徐璟带人出了包厢那层，下了电梯，招呼服务员拿杯水过来。

“把衣服穿好，”他从臂弯里拿下他的外套，抻直袖子，“伸手。”

她勉强睁开眼睛看了他半天，似乎在辨认人，然后“哦”了一声，乖乖举起手，任凭他帮她把外套穿好。

“再喝两口水。”

“好。”

她接过水杯咕噜咕噜喝了两口，又把杯子放回他手上。

他把杯子放到桌上，对上她有点茫然的视线，有点好气又好笑：“周染，你是不是个傻子？”

她点点头，“嗯”了一声。

徐璟气笑了：“你——”

他看到旁边餐盘里的胡萝卜雕花，又看了眼一脸乖巧的周染，忽然动了点歪心思，然后扬了扬嘴角：“啊，张嘴。”

周染想都没想，啃了一小口，吃到嘴里似乎本能地反感，她皱了皱眉，对上他的视线，还是乖乖地吃了下去。

连她最讨厌的胡萝卜都吃得下去，真是醉得过头了。

他看着她，忍笑：“好吃吗？”

她一脸苦相，摇了摇头。

“这个好吃，”他故意又捻了一小片叶子，递过去，“你要尝一口吗？”

她依旧想都没想，张嘴过来。

他很快收回手，把辣椒丢进垃圾桶里，气笑了：“傻子。”

周染没说话，还是保持着原来的姿势，裹着他的外套乖乖站在旁边看着他。

毫无防备。

也有点……可爱。

“周染。”

他伸手蹭了蹭她的嘴角，心里忽然一动，顿了顿，他低头轻笑一声，俯身把脸凑过去，压低了声音，又有点戏谑的味道：“亲我一下。”

话一出口，他自己都愣了下。

随之而来的是快得惊人的心跳和控制不住的紧张，他保持凑过去的动作一动不动，一颗心却不自觉提到了嗓子眼儿。

仿佛在等待一场庄重而严肃的宣判。

在他几乎要忍不住动摇的时候，“吧唧”一声，她凑过来，嘴角印在他左侧脸颊上。

温热柔软的触感。

呼吸间染了些酒精味。

“周染你干什么去，工作还没谈完呢，你……”

杨钦从包厢里出来找人，刚好看见这一幕。

醉醺醺的小姑娘凑过去亲了旁边的男人一口，温软得像只兔子，跟平日里一言不合就爆炸的形象完全不符。

他顿了下，很快回过神来，清了清嗓子：“不是，你是谁啊？还有你周染，我跟你说……”

前边的男人把帽子摘下来，回头看他。

杨钦突然瞪大了眼睛，整个人都跟撞见了鬼似的，嘴巴微微张开，后半句话硬生生吞了回去，一脸诧异：“徐……徐总？”

他气势顿时萎了一大截，反应过来，急急忙忙地解释：“不是，徐总，您别误会啊，我就是看这小周她平时总惹您生气，就想着给她个教训……”

“杨总监。”徐璟打断他的话，笑了笑，“你是不是嫌工资拿得太多了，连我们家里的事情，都想操操心？”

家……家里的事情？

杨钦反应了三秒，一张老脸刹那间白了。

亏得他还觉得自己感同身受，要替徐总出气……

完蛋。

他拍马屁又拍马蹄子上了。

04.

徐璟也没再折腾周染，问服务生要了解酒汤喂她喝下去，然后拿了条毯子给她裹上，帮她整理头发的时候，无意中瞥到她耳后的疤痕。

不同于上次在医院的时候，这次看得格外清楚。

细长的一道，从耳后蜿蜒到后颈。

他喉咙一动，心里突然揪了一下，手上已经不自觉去触碰，一点一点，顺着那道疤痕描绘下去。

他甚至能想象得到当时出事时候的情况。

他皱了皱眉，定定地看着她。

胸口扯着疼。

周染似乎有点不舒服，动了动脖子，闷哼一声，似乎有些支撑不住，脑袋一歪，又重新倒在他肩膀上。

他回过神来，吸了口气，重新帮她把毯子裹严实，然后在她身前蹲下去，将人驮到背上。

夜里温度有些低。

怕她喝太多坐车会不舒服，他背着她一路慢慢往回走，她好像比以前又轻了些，背上没多少重量。

她耷拉着脑袋趴在他肩膀上，他耳侧全是她的呼吸声。

吹了些冷风，周染隐约恢复了些意识，可是头疼得几乎要炸开，她眯了眯眼睛，扒拉着他的头发去看他的脸："徐璟？"

"嗯？"

徐璟以为她清醒过来，刚想问两句，一侧头就看见她轻轻松了口气，脑袋一歪，又重新趴了下去。

"我以前，不是没有找过你。"

闻言，徐璟一怔。

“我说，我以前给你打过电话的，”周染歪着脑袋，声音模糊，“在我在医院清醒过来以后，我觉得是周曳不想让我再冒险，所以才说你走了，想让我断了这个念想。那段时间，周曳没收了我的手机，我好不容易趁他不在，从他助理手里骗来手机，躲进卫生间里跟你打电话。”

徐璟听着，皱了皱眉。

当初关于傅泽琪和周染在一起的传言到处都是，他从一开始的坚决不信，到后来很多次看见他们两个人出去吃饭，再到后来她给傅泽琪买东西……每一件事都像在印证传言，那时候怎么能想到傅泽琪是打着他的幌子费尽心机？

最后压垮他的，是他准备认认真真跟她挑明关系的那次，可是聚会之后，没等他行动，就看见她裹着傅泽琪的衣服两个人一起上了车。

当时年轻气盛，最后一时冲动就走了，但是这么几年以来，他都没敢换过电话号码，更不可能存在不接她电话的时候。

“接电话的是个女孩子，我都还没来得及说话，”周染趴在他背上，小声咕哝，“她劈头盖脸对我就是一顿臭骂，然后就挂了电话。”

说完，她还来脾气了，用脑袋磕了下他的脸。

徐璟不防备，“嘶”了一声，腾出一只手扯了扯她身上的毯子，威胁道：“周染，再闹我把你丢下去了。”

“你不是说要娶我的吗？”

以前追她的时候半开玩笑说的话，他一直都觉得她从来没往心里去过。

不承想，她一记多年。

“好，”他笑了下，将她往背上送了送，“睡醒了就娶。”

“我不信。”

“不骗你。”

“我都去参加赛车了，”她闭着眼睛，断断续续地小声咕哝着，“想给你一个生日惊喜，可是你都没来。”

他想到她后颈的疤。

所以，是生日惊喜吗？

“什么时候？”他蹙眉，心里突然被狠狠刺了一下。

“就在你生日前一天。”她打了个酒嗝，声音委屈巴巴的，“我明明前一天晚上就给你发消息了，可是你没来，不过也幸亏你没来，事情搞砸了，车子侧翻，我差点死掉。”

他那时候应该在飞机上，整个行程里有些心神不宁，下了飞机刚出机场，就遇上一场小车祸，他倒是没什么大碍，只受了些皮外伤，但是手机被摔了个稀巴烂，后来只保住了电话卡，只是手机里的消息已经被清空了。

现在想来，老年人所说的，相互牵挂的人之间，是有感应的，也不是没有道理。

她吃吃地笑："徐璟，你差点儿……差点儿这辈子都见不到我了。"

他喉咙一滚，胸口像被人重重砸了一锤，钝钝地疼。

他收紧手臂。

"你怎么能不接我电话呢？万一我那个时候打电话给你，你没接到，我死了，你会不会以后每次想起来都很后悔，你就不想知道，我最后想跟你说的话是什么吗？"

他心里一紧，想都不敢深想。

她却没说下去，又绕了回去："你女朋友太凶了，我只是打个电话，又没有要怎么样？她好像喝多了，凶得跟母老虎一样！"

她这么一说，徐璟稍微有了点印象。

他刚到那边的时候，跟当地一个女孩子合租过大概半年时间，那时候那女孩子跟男朋友闹分手，时常买醉发疯。

大概就是那个时候，她打电话过去，被他喝多酒的室友误接，当成别人训了一顿。

他甚至能想象到她当时莫名其妙又有点气愤，末了又挺难受的样子。

他现在真的后悔了。

就像卫扬说的，他向来脸皮厚，怎么那个时候没有死皮赖脸再多纠缠一会儿呢？

"周染，"他背着人慢慢走着，语气无比认真，"对不起。"

夜色已深，来往的车辆疾驰而过，街道上没什么人，显得有些空旷。

两个人第一次把话说开，她喝多了酒，思维逻辑很混乱，但还是一点一点解释以前和傅泽琪的事情，解释傅泽琪当时怎么打着他的幌子约她出去，又怎么耍手段纠缠。

他全部耐心听着，遇到她质问他的地方，也都好脾气地一遍一遍解释。

“徐璟？”

“嗯？”

“我真的……”她声音里染了哭腔，“没有喜欢别人。”

“我知道。”

“那，我们还能在一起吗？”

“能。”

“不能，周曳现在特别讨厌你，我以前跟他发过誓，我要是再喜欢你，就不能再进老周家的大门，也不姓周。”

“没事。”他笑了笑，“老徐家给你留门，而且，放到古代，你嫁过来就是徐周氏了，也确实不能姓周了。”

“我哥说，我要是再敢找你，就打断我的腿！”

“他不敢。”

“当然，他不是不敢，他是舍不得，但是他舍得打断你的腿！”

“……”

“徐璟？”

“嗯？”

“徐璟？”

“嗯？”

“我好喜欢你啊，怎么办？”

“我也——”

“可是，你怎么那么快就有女朋友了，你怎么能喜欢一个酒鬼呢？”

“……”

她一口咬死了他喜欢那个室友。

徐璟有些无奈，侧过头轻轻碰了碰她的额角，看着她困得睁不开眼的样子，笑了笑：

“对啊，我怎么能喜欢一个酒鬼呢？”

·第七章·

LIANAI
QINGKONG
YIWANLI

/

她真的，从始至终，一直都喜欢他

01.

翌日一早。

周染清醒过来，最直接的感觉是头疼。

像被唐僧念了一晚的紧箍咒，头皮还有些发紧，脑袋里是密密匝匝的疼痛，难受得厉害。

随之而来的是身处陌生环境的恍惚。

简约到清冷的装修风格，灰白色的背景墙，同色系的床单，床头柜边放着白色的落地灯和一本冷门书，阳光隔着窗帘投进来一些隐约的光点落在床尾。

她昨天脏兮兮的衣服已经被换成了男士睡衣，宽宽大大的，只有贴身衣物没换，身上还有些黏腻。她脸颊有些发热，顿了顿，在床上滚了一圈之后，爬起来又低头闻了闻自己身上的味道，大概被人草草擦洗了一遍，酒味没那么重了，但味道还是有点……一言难尽。

昨晚的记忆有些零散，她只记得自己被徐璟背着，还不老实地用脑袋撞他来着，再之后，好像说了不少话，但是内容记不清了……

算了，不管了。

不管他等会儿说什么，她都一口咬死了不承认就行。

她给自己做完思想工作，然后长长地吐了口气，脸不红心不跳地冲进卫生间里洗了个澡。

她收拾好出来的时候，徐璟已经把早餐放在了桌上，他穿了件宽松的睡衣，斜坐在餐桌另一边，单手随意搅动着面前的小米粥，低头看着手机，也没什么表情。

原本做好了一出来就被他调侃的准备，结果他这么安静，她心里反倒有点忐忑，生怕他在憋什么大招。

“那什么，”她略微不自在地摸了摸脖子，然后走过去在他对面拉开凳子坐下，干巴巴咳了两声，率先打破沉默，试探道，“昨天晚上，我喝得有点多，要是说了什么不该说的，然后给你闯了什么祸之类的话……”

说着，她环视一周，确认自己的杀伤力没有强到跟她家哈哈一样给他拆个家什么的，所幸，能看到的地方，暂时好像没遭到什么破坏。

她接着刚刚的话：“你大人有大量，别往心里去。然后昨天谢谢你接我。”

说到这里，她突然想起来他昨天放她鸽子的事。

不对，有什么好谢的？

她心里有点不爽，刚想说话，徐璟抬眼看了看她，把自己面前已经凉得差不多的粥推到她那边去，换了她的粥过来，顺口道：“我昨天只约了你一个人吃饭，你是怎么能理解成我让你跑去跟老杨和于飞他们那帮人喝酒的？”

周染肚子里残留的那点火气还没来得及发出来，就这么迎头被悉数浇灭，她张了张嘴，有点意外地“啊？”了一声。

徐璟看她这副样子，觉得好笑，顺手塞了颗圣女果到她张大的嘴巴里。

周染反应过来，有点脸红，索性再没说话，老老实实地低下头喝粥。

气氛安静下来。

只剩下汤匙时不时地碰撞小碗的声音，周染满脑子还是昨晚的事情，偏偏徐璟一个字都不提。他越是沉默，她越是忐忑，顿了顿，她还是没忍住试探道：“那个，我昨晚应该没给你添什么麻烦吧？”

徐璟本来也是怕她会觉得尴尬，没想提昨天晚上的事情，但她这么客客气气地再三询问，他也就忍不住起了点逗弄她的心思。

“怎么没麻烦？”他放下手里的勺子，抬眼看她，故意面无表情。

周染一颗心顿时提到了嗓子眼。

徐璟起身，从阳台上的脏衣篓里拎出来一件外套和短袖，递到她面前："闻闻？"

难闻的酒味扑面而来。

周染下意识地靠着椅子往后退开了一点。

"嫌弃？"徐璟挑眉，抬手把衣服丢到她腿边，然后指了指阳台的方向，"洗衣机在那儿，洗不干净的话，我可以发商场地址给你，赔我一套，或者微信转账给我。"

周染："……"

脏衣篓距离洗衣机就五厘米不到的距离。

他能把这堆衣服从那里扯出来递到她面前，就不能抬抬他那高贵的手臂，把它塞进洗衣机里吗？

她余光瞥到他眼底一闪而过的笑意，恍然明白他是故意整她，但还是弯腰把衣服捡了起来，小声吐槽："我不……"

"不过其实……"

两个人同时开口，她以为他要改变主意，眼睛瞬间亮了下："欸？"

"支付宝也可以。"

周染："滚！"

这么一闹，气氛松弛下来，周染也总算确定他真的没想搞什么么蛾子，这才松了一口气。

想了想，又觉得自己好像有受虐倾向，徐璟安安静静的，她总不放心，非得他折腾她才比较习惯。

不过吐槽归吐槽，但吃完早饭之后，周染还是把衣服又从洗衣机里拿了出来，走进卫生间重新手洗了一遍，然后整整齐齐挂在阳台上，她的裙子也晾在他的外套旁边，随风晃动。

阳光落下来，热烈又明朗。

客厅鱼缸里，漂亮的接吻鱼浮动，接了很长一个吻。

她伸了个懒腰，悄悄看了看书房的方向。

忽然觉得心情不错。

借徐总的光，周染成功地在五一假期之后的第一个工作日，翘了半天班。

下午，徐璟顺路载她一起去上班。

正值午休时间，座位上几个人刚吃完饭，正凑在一起聊微博八卦，赵凡懿讲起话来跟说相声似的，逗得大家一阵笑。

见周染和徐璟一起进来，几个人的动作不约而同地顿住。

周染尴尬地笑着跟大家打了个招呼，低头快步往座位上走。

赵凡懿回过神来，看了眼正往办公室走的徐璟，又看了眼周染，一副欲言又止的样子。

半晌，跟其他几个人对了个眼神后，赵凡懿滑着椅子凑过来，压低了声音：“哎，周染周染，你真跟徐总在一起了啊？”

周染不知道怎么突然就传出这种消息了，愣了下，回过头对上周围好多个人的八卦眼神，她直接装傻："什么？"

"嗨！"赵凡懿一拍大腿往后退开，又上上下下打量她一番，"你就别装了，昨天晚上的事我们都知道了。"

"昨天晚上？"

"老杨昨天晚上愁得一宿没睡着，半夜两点在群里跟大家告别来着！"

周染："？"

"吓得我还以为他得了什么不治之症了，连娶媳妇儿的钱都差点儿筹给他，还准备今天一大早帮他搞搞募捐呢，结果他说自己昨晚得罪了老板娘，今儿可能就要被炒了，我还寻思着他怕是做噩梦了说梦话呢，也没听说徐总结婚了啊，结果你猜怎么着？"

赵凡懿说着，从桌上摸过来手机，打开聊天记录，往前翻了好半天，扒拉出几张照片："来，看看看看，神秘老板娘现身！"

周染回忆了下昨晚被杨钦带出去喝酒的事情，有点心虚，但还是凑过去看了一眼。

照片背景是酒店大厅，女人身上裹了条灰色的毯子，歪着脑袋靠在身边男人胸前睡得迷迷糊糊，而男人半抱着她，一只手帮她扶着毯子，神色温柔。

再往后翻，是几张徐璟背着她往外走的照片。

……

02.

周染挨个看完，脸有点发热。

“老杨亲自发给我的！”赵凡懿翻完照片，收起手机，又继续说，“而且，整个五一假期，就只有你跟徐总两个人加班……啧啧啧，昨天晚上他接你回去，还把老杨臭骂了一顿，今天早上你们两个人都没来上班，下午又一起出现……实锤了吧？”

“哎，你们几个，”说完，他冲着旁边围观的吃瓜群众喊，“昨天晚上都有谁跟我打赌来着？还说没在一起，来来来，输了的，发红包发红包！微信还是支付宝？”

雯雯刚接了水回来，只听到后边两句，不明所以地咕哝着：“你们前几天不还说徐总是Gay的吗？”

“对啊。”周染立马附和，一边准备悄悄地去删赵凡懿手机里的照片，“所以说，这种八卦不可信，都散了吧散了吧！”

话音刚落，一只骨节分明的手伸过来，从她面前拿走手机，看了眼屏幕上的照片。

“谁拍的？”徐璟往后翻了几张。

一时间所有人噤声，赵凡懿更是缩着脑袋安静如鸡。

“拍得挺好的，就是画质差了点。”

画风急转。

赵凡懿一脸惊讶地抬头：“！！！”

“你赌得还挺准，等会儿给你发红包。”徐璟扫了他一眼，笑了下。

赵凡懿一脸激动，从椅子上弹起来九十度鞠躬：“谢谢老板！”

周染：“……”

她还想开口解释两句，徐璟把充电器给周染放到桌上：“你昨天晚上落客厅的，早上忘记给你了。哦，对了，别忘了今天下班我们得送你闺女去趟医院。”

一众人再度：“！！！”

周染觉得自己跳进黄河也洗不清了。

狗子就狗子，什么我闺女啊！

周染一脸无语，又没办法解释，生怕他等会儿再说“儿子”什么的，越描越黑，只好耷拉下脑袋，妥协地“哦”了一声。

旁边端着水杯的雯雯惊得差点儿把水直接浇电脑上，她小心翼翼地看了眼徐璟，又看了眼周染，再想想自己前几天还在微信上跟周染发的那些内容……

完蛋。

【给老板娘发过一万字关于老板的耽美小说，怎么办？在线等，挺急的。】

一分钟后——

【哈哈哈哈，自求多福。】

【来人，奏乐，一曲《凉凉》送楼主上路。】

【替你点根蜡。[点蜡][点蜡][点蜡]】

【楼主你就安心地去吧，明年清明节的时候，我们会多烧点小说给你的。】

……

下午，徐璟真的在群里发了红包，数额还不小。

因为这个热辣八卦，整个部门一整天都处于兴奋的状态，周染觉得自己好不容易跟大家建立起来的革命友谊，就被徐璟一个红包给离间了，八卦爆料都没人敢带她一起，现在连老杨见了她都跟见了鬼似的绕道走。

更夸张一点的，有同事上楼送文件，还不忘顺口跟她安利一波婚礼酒店等。

周染简直要崩溃。

下班的时候，周染终于绷不住，跟徐璟说了这些事。

“那不是挺好的吗？”徐璟倒是一副不怎么在意的样子，笑，“以后全公司都没人敢欺负你了，周染，你不觉得这待遇挺不错？要不然——”

他顿了顿，侧过头：“你考虑一下老板娘这个职位？”

周染手上拆纸巾的动作一顿。

半晌，她抽出纸巾，擦干净刚刚不小心洒到手上的水珠，重新拿起矿泉水瓶，抿了一小口，略微僵硬地笑着岔开了话题：“你不是说要带狗狗去医院？”

徐璟收回视线，了然地轻笑了声，也没再深究刚刚的问题：

“先去你那边，带上哈哈一起，毕竟，它可能要当爸爸了，孕检得陪着老婆一起。”

周染惊讶了一下：“真的吗？你们家狗狗要生崽崽了？”

“还没确定，”徐璟看了看她，笑了笑，“不过，十有八九。”

周染美滋滋地幻想了一下不久以后就要出世的狗崽崽，突然想到一个很严肃的问题，她都快有狗孙子了，还不知道她儿媳妇叫什么名字。

“徐璟，我一直忘了问，你家狗叫什么名字啊？”

“狗子。”

“对啊，你的狗子叫什么？”

“狗子。”

周染愣了下，才反应过来。

狗子就叫狗子，呵呵，好一个直男名，亏得之前他还笑话她的狗叫哈哈，到底哪里来的脸？

狗子确认怀孕。

医生给狗子做了些基本检查，又嘱咐了些狗狗孕期的基本注意事项。两个人记下来以后，带着狗子回去。

平日里闹腾得特别厉害的哈哈今天反倒温柔了很多，前前后后跟着狗子一起。周染本来想早点回去，但是哈哈死活赖着不肯走，没办法，她只好又留下来帮徐璟一起煮晚饭。

菜是回来的路上买的。

周染自知不是下厨的料，很自觉地没抢主厨的位置，老老实实地待在一边帮他打下手，收拾好东西，又找出热水壶烧了水，然后抱着杯子倚在厨房门口等着，看着他不急不缓地煮饭，处理食材。

客厅里的电视机兀自播放着嘻嘻哈哈的综艺节目。

两只狗在她脚边玩闹。

周染等着水开，有一下没一下地把玩着马克杯，心情有点复杂。

其实重逢以来，她就不止一次地偷偷想过两个人是不是还能在一起，像四年前一样，他也经常很自然很亲昵地对她好，好到有时候她忍不住认为真的还能有以后。

可是四年前她努力向他迈开过步子，后来却还是无疾而终。

她真的没有办法确定，四年前也好，四年后也罢，他到底是一时兴起还是真心实意。

03.

桌上的手机振动。

周染放下杯子，过去接电话："小禾苗？"

"你干吗呢？"祝禾大概是在外边，话筒里呼啦呼啦的，"下周超跑嘉年华，你到现在都没问我要票，你该不会已经忘了吧？"

"没有。"周染弱弱地应了声。

事实上，她真的忘了，这两天又是忙工作，又是想和徐璟的事情，今天再碰上狗狗怀孕的事，她真的已经将超跑嘉年华的事彻底抛在了脑后。

哈哈在沙发上乱蹦乱跳，周染伸手揉了揉它的脑袋：“你乖点！”

祝禾听到这边狗狗的动静，又突然生了个新主意：“哎，我好久都没见哈哈了，要不然你明天来我这儿拿票，顺便把哈哈带过来借给我这个干妈玩两天？”

“不行。”周染想都没想一口拒绝，又看了眼蹲在不远处看着哈哈的准妈妈狗子，笑了下，“现在是特殊时期，哈哈得陪它老婆待孕。”

“呀！”祝禾惊了一下，“我才几天没见，哈哈都要当爸爸了？我干儿子勾搭了谁家小母狗？”

周染顿了下，瞥了眼厨房方向，刚准备随便打个马虎过去——

“周染！”徐璟从厨房出来，手里提着热水壶，“水开了，你杯子呢？”

周染绝望地闭了闭眼，默默把手机从耳边拿出去很远。

果不然，下一秒，祝禾的声音从话筒里炸出来——

“我听到了男人的声音！

“是徐璟对不对？

“小周周你这进度条拉得够快啊！狗子睡了人家的狗子，你顺势就拿下了人家的主人！”

……

唉，还没真的在一起呢，就搞得全世界都知道了，周染内心也是百味陈杂，一张脸几乎红透了，立马挂断了电话。

徐璟瞥了眼她泛红的耳尖，大概知道电话那头是谁说了什么，好笑地过来帮她倒水，眼底满是戏谑："我刚刚，是不是不该出声？"

周染觉得有点尴尬，摸了摸鼻子："没有。"

"我有那么见不得人？"

"没有。"

"我……"

"没有！"周染提高了音量，直接打断他。

徐璟也没恼，看着她，一直笑吟吟的。

周染还是有种魔幻的感觉，自第一次遇见他，两个人就是乌七八糟对抗的开始，也不知道什么时候开始就这样误打误撞到了如今这解释不清的地步，好像彼此也就这么顺水推舟谁也不再提之前谁也不抗拒对方……

特别是徐璟这几天的变化真是让她大跌眼镜，这个人最近闷骚属性简直飞速上升，刚才一个电话而已，至于借题发挥这么多？

他们是就这样默默承认了绯闻关系？还是和以前一样，不承诺不负责？

周染摸了摸温度还没降下来的耳朵，沙发上哈哈又开始上蹿下跳，她没来由地觉得有点烦躁，呵斥了它一声。哈哈突然蹿过来，她来不及反应就被体量颇重的哈哈撞得身子一歪，随即撞翻桌上刚刚倒的热水。

徐璟下意识地伸手，及时抱着她往后拽了一把。

“嘶——你想什么呢？”他皱眉，低头，声音里带了点不悦。

周染回过神来，这才留意到热水有一大半洒在了他手臂上，小臂处瞬间泛了红。

“没什么。”

她也顾不上刚刚那些乱七八糟的念头了，一把拽住他拉到卫生间，打开水龙头往他被烫红的胳膊处冲凉水。

徐璟倚在洗手台上任凭她折腾，垂目温柔地看着她的发顶。

手背上的触感柔软又温热，她低着头，嘴角抿得紧紧的，眉头拧成一团，浴室里暖黄色的灯光从她头顶落下来，在她周围落下一层毛茸茸的光晕。

他看着，喉结滚动，额角跳了跳，半晌，还是没忍住：“周染……”

“嗯？”周染专心帮他冲洗，头也没抬，“还疼吗？”

小臂泛红的一小圈边缘隐约有起水泡的迹象。

“要不要下楼买点药？”

见他没应声，她一抬头，磕到他的下巴，刚想说话，手腕突然被人扣住，她抬眼对上他的视线。

温柔、热烈。

近在咫尺的距离，狭小的卫生间里，气氛突然急速升温。

徐璟轻轻吸了口气，嘴角微动："周染，我……"

煲汤计时器尖锐的鸣笛声响起，与此同时，门铃疯狂作响。

周染冷不防吓了一跳，后退一步，关掉水龙头又觉得不对，重新打开，低头嗫嚅："你再冲下水，要是起泡了会有点麻烦，我先去厨房看看，等会儿下去帮你买点药。"说完也不等徐璟回应，逃难般钻进了厨房。

徐璟脸色暗沉，难得低声爆了句粗口，草草关闭水龙头，不情不愿地去开门。

卫扬牵着小芒果在楼下等了好半天，门一打开，就看见他一脸不爽的样子。

"哟呵，谁惹您了？"卫扬一脸幸灾乐祸，"脸色这么臭。"

徐璟看了眼小芒果，情绪收敛。

卫扬往他身后看了看，伸手捂住小芒果的耳朵，一脸戏谑："金屋藏娇了？你不会在做什么少儿不宜的事吧？要不要我们先回避？"

徐璟："……"

这边话音刚落，有脚步声由远及近。

卫扬瞥见来人，愣了下："还真是！"

"周染！"她拍了拍徐璟的肩膀，不等对方阻拦，率先迎了上去，态度热络，"好久不见啊！"

周染牵着哈哈正准备走，看清访客，也稍微怔了下：

“卫扬？”

几年不见，卫扬还是以前的样子，干练落拓。妆容精致，头发高高束起，露出漂亮光洁的额头，白衬衫黑色阔腿裤，恣意又大气，御姐范儿十足。

站在卫扬身边紧紧攥着徐璟不撒手的小姑娘，扎着小鬏鬏，看上去奶萌奶萌的，跟她气场并不搭。

这会儿看见周染出来，小芒果乖巧地喊：“阿姨好。”

徐璟不用想也知道卫扬打什么主意。

这人也就人前看着一副女精英范儿，背地里八卦心思不少，自从知道他回国是因为周染，就一直想帮他撮合，馊主意出了一堆又一堆，这次好不容易碰着真人了，她肯定控制不住想搞一波事情帮他拉进度。

徐璟带着警告意味地看了卫扬一眼：“你不是要出差？芒果已经送到了，还不走？”

逐客令已经相当明显。

卫扬原本还想跟周染再搭两句话，瞥见徐璟的脸色，生怕惹急了他再把小芒果给她退回来，到了嘴边的话还是吞了回去，对周染笑笑，扬了扬手机：“我今晚有点赶时间，下次有机会一起出来玩啊。”说完，俯身摸了摸小芒果的脑袋，“芒果，晚上听话啊！”

小芒果乖乖点头。

“行，那我先走啦！”

她起身冲周染摆了摆手，也没再看徐璟那张黑脸，扭头就走。

周染冲她挥挥手，然后牵着哈哈，看了看徐璟：“那我也回去了，你手臂要是还疼的话，等会儿去买点药。”

徐璟还想说什么，看了眼小芒果，点点头：“好。”

04.

周染把自己丢进沙发里，瘫了一会儿，想了想今天一整天发生的事情，觉得脑子里有些乱糟糟的，还没等捋一捋，祝禾的微信消息就弹了过来：“那个什么，我这个时候发消息给你，打扰你们吗？[纯洁脸]”

周染也大概猜到她想问什么，本来不想回，但是又生怕这个“老污婆”借机再给她脑补几十集大戏，想了想，还是拿起手机，镜头环视一周，拍了个小视频发过去。

“请立刻停止你那些危险的想法，我已经在家了。”

视频电话很快弹过来，周染随手点了接听，放在耳边上：“说话。”

“嘿嘿嘿，”祝禾在那边笑，“那什么，我就是随便问问，你们怎么样了啊今晚？”

“没——”

她刚应声，肚子“咕噜”叫了一声，好绝望，敢情她折腾了半天，在徐璟那里连饭都没顾得上吃。

她本来下楼想去给他买烫伤药来着，因为看到卫扬和那个小姑娘，当时也不知道怎么想的，脑子一时短路，就直接回来了。

……

“喂？人呢？”祝禾等不到她的下文，急了，“哎，姐姐你想什么呢？走神这么半天还想跟我说没怎么样？”

“真没什么，”周染回过神来，随口应着，“我就是突然有点饿了。”

祝禾：“……”

半晌，她“啧”了一声，不死心：“真没怎么样？那你不行啊，哈哈才认识徐璟家的狗几天，人家连崽崽都有了，你跟徐璟这都几年了，还玩捉迷藏呢？你知道这应了哪句话吗？狗都不如啊！你听我的，喜欢就上！别尿！”

祝禾一边往周曳那边走，一边絮絮叨叨地怂恿周染勇敢追求真爱。

周染看着她到了周曳楼下，随口应了两句，然后挂断视频。

祝禾说的话还跟魔咒似的在她耳边绕，她摸了摸饥肠辘辘的肚子，从沙发上爬起来拆了盒泡面，等水开的工夫，又从冰箱里拿了盒酸奶喝了两口垫垫肚子，又重新盘腿坐回沙发上。

哈哈玩得累了，趴在地板上打瞌睡，房间安静下来，她又想到在楼下看见卫扬和小芒果的场面。

传言是有过的，但她倒也不至于真的因为这个就怀疑徐璟和卫扬的关系。更何况，徐璟那种人，如果真的喜欢卫扬，也不可能时

隔四年再回来，依然跟她走得近。

只不过到底，意难平。

从大学时候起，徐璟的人缘就很好，他口口声声说在追她，但是对这件事情也从来没有解释澄清过。

他好像对什么事，都不太上心的样子。

她一直在他身边，始终不敢捅破这层关系，就是怕到头来连朋友都没得做。

她不确定前几天喝多的时候跟徐璟说了什么，也不确定他这些天的种种行为到底是不是自己以为的意思，但可以确定的是，她真的，从始至终，一直都喜欢他。

无论是四年前，还是四年后。

所以，他一点星星之火，就可以轻易燎原，烧掉她所有的理智和坚持。

厨房里，水沸腾起来。

她泡好泡面，把叉子架在盖子上，深吸口气，从沙发上抓过手机，语气尽可能轻松一点发消息：

“你和卫扬关系很好吗？”

强烈的醋意，删掉。

“你当时是跟卫扬一起出国的吗？”

明知故问，删掉。

“我听说，你和卫扬……”

删掉。

她烦躁地揉了揉头发，又重新敲打字，发送出去——

“你，这几年和卫扬一直都还有联系？”

一秒，两秒，三秒……

没有回应。

她心里那点烦躁被无限放大，气闷地把手机丢到一边去吃泡面，顿了顿，还是忍不住又刷新了一遍聊天框，依然没有任何消息。

她草草扒了两口面，一点食欲也没有。

泡面一点点坨掉，她起身把盒子丢进垃圾桶，然后拿了换洗的睡衣进了卫生间，想了想，又折返回来把手机也带了进去。

洗澡的中途听到手机有动静，几次忍不住擦干手去翻对话框，但是要么是工作，要么就是群消息，中途还夹杂了几条新闻推送。

唯独那个黑色的头像，一个红点都没出现过。

另一边的徐璟家。

徐璟带小芒果走到客厅，打开电视给她看《小猪佩奇》，就去收拾厨房了，然后去书房处理工作邮件。

于飞在工作微信上弹了个视频给他，说起集团周年庆活动筹备的事情。

正逢集团成立五十周年，所以这次规模比以往都要大些，除了举办酒会邀请各路媒体以外，今年还组织了场公益活动，以集团的名义准备了大量物资和善款，为贫困山区儿童提供全方位帮扶。

于飞闲得无聊，抓着徐璟聊了很多细节问题，直到小芒果白着张脸进来说自己肚子疼。

林芒出生那年，卫扬的丈夫林修出任务发生意外牺牲，卫扬情绪波动太大早产，小家伙生下来就比同龄小孩体质弱很多，卫扬虽然对林芒百般呵护，但她一个单亲妈妈还得拼事业，难免有忙不过来的时候。好在小芒果听话又懂事，徐璟和于飞在国外这几年也没少帮忙照顾。

这会儿听说小芒果身体不舒服，于飞也没敢耽误，二话不说丢下电脑一路狂飙过来。

徐璟看到周染发的消息的时候，刚跟于飞进急诊室。

已经是夜里十二点多，他很快回复："嗯，当时一起参加的交换生计划。"

还想再多说两句，值班医生问他小芒果的饮食，他匆匆忙忙回了句"晚安"后，把手机放回了兜里。

好在小朋友问题不大，因为饮食不当引起肠胃炎，挂了水之后两个人又带着已经睡着的小芒果回家了。

从医院回去已经快两点。

安顿好小芒果，徐璟才重新拿出手机，点开微信小红点，聊天记录停在十几分钟前周染发过来的"晚安"上，他想了想，回拨了个视频。

周染脑子乱糟糟地想了一堆，这才好不容易睡着，听到手机振动，眼睛都没怎么睁开，本能地点了接听，半天没听到那边说话，她稀里糊涂又睡了过去。

徐璟刚关了房门，一回身低头看见屏幕上的人。

她歪着脑袋趴在枕头上，双眸紧闭，半截胳膊还压在脸下，挡住了一点点摄像头，露出的半张脸白皙柔和，眼角低垂，床头的灯光柔和地洒下来，在她周围铺上一层毛茸茸的光晕。

温柔又美好。

他隔着屏幕摸了摸她的脑袋，笑：“晚安。”

·第八章·

LIANAI
QINGKONG
YIWANLI

/

用情深的那一个，没有什么不可原谅

01.

人在晚上难免会情绪化一些，一觉醒来又会觉得好像也不是什么大不了的事儿。

在这之后，周染没再提那天晚上的事情。

河星湾的项目进度拉上了正轨，周五结束手上的工作之后，周染又带着哈哈去看了它老婆，周六一大早爬起来跟着祝禾去了超跑嘉年华。

这次嘉年华规模不算太大，但参赛的很多车队在圈内都叫得上名，是一场含金量极高的比赛。

祝禾不知道从哪儿弄到了工作证，两人去后台转了一圈，跟之前熟识的赛手打了招呼，周染忍不住摸了摸赛车模型和赛服，无比眼馋。

“是不是特后悔当时没报名？”祝禾忍不住打趣她，“是不是

特想念那种在赛场上驰骋的感觉？特想享受速度与激情？特想找机会跑两圈？”

周染白了她一眼，还记得周曳之前下过的死命令，语气相当坚定：“并没有！”

祝禾“哈哈”笑开：“看不出来啊，你还挺怕我们家周曳的！”

“这是怕吗？当然不是，”周染轻呵一声，“就是看在他是我哥的份上，卖他个面子，不然岂不是让他这个当哥的很没成就感？”

“嘁！”

两人有一下没一下地胡扯着往看台方向走。

她们坐在VVIP区，是全场最佳观赏位，可以看到整个赛场。

赛道广阔，连着多处弯道，这会儿工作人员正在做各种赛前准备，车迷们激情澎湃，气氛热烈沸腾。

确实挺让人心潮澎湃的。

周染接过服务人员递来的水和小食，有点压不住蠢蠢欲动的渴望：“小禾苗，我哥今天没来吧？”

“没啊，”祝禾喝了口水，提到周曳还有点愤愤，“说是要开会，没时间。”

“那我们……”周染忍不住有点躁动，开始在危险的边缘疯狂试探，“禾苗啊，你的车还在……”

话音未落，身后门口处传来一道冷冰冰的声音：“你想干什么？”

周染心里一惊，到了嘴边的话立马来了个360度大转弯：“——还在吧？不如我们回去洗车啊？”然后装作刚刚才发现身后动静的样子，扭头一脸惊讶，“咦？哥！你怎么也来了？”

周曳居高临下狠狠剜了她一眼。

祝禾惊喜地仰头看周曳：“不是说不来吗？”

“本来没想来，”周曳拿过她手里的水，直接喝了两口，扫了她一眼，“这不是惹不起你吗？”

周染：“……”

酸了酸了。

她这个电灯泡很有自觉地打算退场，还没走出去两步，又被周曳叫住，他表情有点复杂：“周染，你过来，我有话问你。”

周染心里顿时有种不太好的预感，看了眼祝禾，然后又默默地回来。

祝禾递给她一个“没事”的眼神，借口上卫生间给他们兄妹俩一个单独聊天的机会。

距离比赛开始还有一段时间，VVIP区没多少人。

周曳拿了瓶水打开，递给她，想到刚才在外场见到的人，开门见山：“你跟徐璟一起过来的？”

周染一愣：“没啊。”

她原本是有这个打算的，后来想了想，她在这边熟人比较多，怕被徐璟看出端倪，知道以前她参加车赛之类的事情，便索性作罢。

看她不像撒谎，周曳也没再多说什么。

兄妹俩自上次在祝禾的店里因为徐璟的事情发生过争执后，谁也没再提过这件事，周曳之后冷静下来也认真想过，他其实没有真的要干预周染的感情，只不过一想到当年那剜心的痛苦经历，他就没办法心平气和地接受徐璟。所以，与其说他不同意他们在一起，倒不如说他是不愿意周染在徐璟这里再栽跟头。

“周染，”他略微垂眸，沉沉地叹了口气，“你现在和徐璟是什么关系？”

周染怔住，动了动嘴角，却发现自己答不上来。

同事或者朋友？

很明显两人已经超出了这两个关系，至少，就她而言，实在没有办法大言不惭地说一句“只是普通朋友”。

男女朋友？

也不是。

友情以上，爱情未满。

这种关系最模糊也最挠心，她最害怕的关系，却偏偏就是这种关系。

周染低头，握着矿泉水的手指不自觉用了点力。

周曳看她这个反应，直接问：“你还喜欢他吗？”

周染没说话，但心里的答案很明显。

周曳心下了然："好，我换个问法，你觉得他还喜欢你吗？"

周染抿了抿嘴唇，她想过很多次这个问题，但是没有徐璟的肯定，再多的想法也都只是一厢情愿，而她，压根做不出主动逼问。

"我没想干预你的感情，"周曳起身，摸摸她的脑袋，"但是染染，你现在已经不是十几岁的小姑娘了，你和徐璟的事情，我希望你能好好考虑清楚。生意场上如果决策失误出现亏损，强行硬撑是没有好处的，最好的选择就是尽快收手及时止损。这么几年了，我不希望你把时间和热血浪费在一个不确定的人身上。"

周染低着头没有说话，好半天才慢慢地"嗯"了一声。

周曳又摸了摸她的头，转身往外走。

空气里有种大雨将至的压抑和闷热。

周染轻轻地吐了口气，还是觉得烦闷，她仰头灌了大半瓶水，从VVIP区出去。

外边人声鼎沸，车队开始进站练习。

可是，周遭的喧闹声仿佛被虚化了一般，她看着人群和赛道，忽然就没了兴致。

02.

直到比赛结束，周染都情绪低迷，有俱乐部的朋友在群里约她

和祝禾一起聚餐，她随便找了个借口推掉了。

从赛场出来，她打算直接打道回府。

手机却不停振动，一个陌生号码。

她挂断，准备往前边多走几步去打车，手机再次振动，她接起没好气地“喂”了一声，听到对方声音，脸色一变，直接挂断拉黑。

不到三秒手机又响起来，她心里一阵烦躁，看也没看，直接挂断。

再响，再挂。

最后，她索性按了关机。

身边有白色车子在她身边停下，车窗打开：“周染！”

她脚下步伐加快。

车门打开又关上。

有人追过来，直接拦住她，轻笑：“拉黑我？”

周染忍无可忍，抬头怒视：“傅泽琪，你到底想干什么？”

“不明显吗？”傅泽琪笑了，把手里的大捧玫瑰递过来，“追你啊。上次在医院不是就说过了吗？之前跟你发过微信被你拒绝了，我猜你今天会来这里看比赛，打电话你也不接，所以只好亲自过来等你了。赏个脸，一起吃个饭？”

周染并不记得收到过他的微信消息，但也没多想，绕开他继续往前走，嘴上毫不留情：“我以为我上次在医院说得已经够明显了，傅泽琪，我不喜欢你甚至有点讨厌你，希望你能有点自知之明，不要再出现在我面前，不然我……”

“让你男朋友打死我？”傅泽琪想到上次收到的微信回复，轻哂，“染染，这么幼稚的话你就别拿来唬我了。”

周染不知道自己什么时候跟他说过这种话，只觉得这人可能精神分裂又重了些，懒得搭理他，径自绕开他去路边拦车。

“你有没有男朋友我还不知道吗？这么几年以来，你也就喜欢过徐璟一个，但是他跟你在一起了吗？”

闻言，周染步子微微一顿。

傅泽琪再次走过去，抬手想去摸她的脑袋，被她避开也不觉得尴尬，继续道：“染染，我知道错了，以前的事情是我不对，我跟你道歉，那时候没脑子心里急切，很多事情做得都有些极端了，但是都这么长时间过去了，我的真心也从没改变过，你还有必要一直计较吗？你就看不到我对你好的时候吗？我……”

“对我好的时候？”周染火气也上来了，冷笑一声，抬眼看他，“你是指假装帮我转交礼物，然后把我送给徐璟的东西占为己有，还要在他面前炫耀说是我送给你的？还是说在聚会上偷换我的酒，将我灌醉带去酒店还设计让徐璟看见？要不是凑巧碰到我哥，你后边还打算做什么？背着我散播我们已经在一起了而你朋友徐璟想撬你墙脚这种谣言？傅泽琪，你能不能从我的世界里消失，我真的一看到你就觉得恶心！”

周染的眸光里有如火的愤怒，现在想想，她那时候也是真的蠢，真的把他当朋友看。

傅泽琪脸上的笑意僵了一下，动了动嘴角："我……"

周染极为嘲讽地看了他一眼，往前走了两步伸手拦出租车。

傅泽琪两三步追上来，一把攥住她的手腕："是，我承认，我手段确实有点不够磊落，但是也算帮你看清现实，认清人了不是吗？"

周染一把甩开他，简直被他这种无赖态度气笑了："所以我还应该感谢你？"

"你知道我不是这个意思。"他又抬手去拽她。

周染一把拍开，冷眼看他。

傅泽琪的手僵在空中，半晌，抵着腮帮子低笑："好啊，就算以前徐璟喜欢你，怪我破坏了你们。那好，现在徐璟回国了，没结婚没恋爱，那么周染，他和你在一起了吗？

"别自欺欺人了，就算当初没有我，你们也不会在一起，徐璟说要追你的那些话都是玩笑，他就是那种图一时新鲜的人，不然会只因为点流言蜚语就放弃你吗？

"他和卫扬出国的事情，他跟你提过半个字吗？但凡把你往眼里放一丁半点，哪怕只是普通朋友，也不至于连招呼都不打一声。周染，他就一句玩笑话，只有你自己当真了。"

周染神色也僵硬了。

见状，傅泽琪知道自己戳中她的痛处，往前两步想要去拥抱她。周染回过神来，像避瘟疫一样嫌恶地推开他往后退，一转头看见不远处的徐璟，他还保持着打电话的动作，脸色难看。

她心下一惊："徐璟……"

徐璟眼中带着寒光，目不斜视大步走来，一把将周染拽到身后，垂眸："给你打了半天电话，一直不接，还关机？"

周染突然想到把傅泽琪的号码拉黑后还有电话进来，还以为是傅泽琪换了别的号，所以看也没看直接就关了机。

"我不知道是你打的电话，"周染解释道，然后松开被他拽得生疼的手腕，"你今天怎么来看比赛了？"

他垂着眼看了看被她松开的手，又扫了眼旁边的傅泽琪，想到刚刚看她被他纠缠的样子，心里一阵烦躁，连带着语气都不怎么好："不能来吗？还是就看着你继续跟这种人纠缠不清？"

"徐璟！"周染也被他这态度激得来了脾气，"你知道你在说什么吗？"

"那你知道你在做什么吗？"他音量不减。

他出来之前碰到了周曳，两人聊了几句，过程实在不怎么愉快，特别是在知道傅泽琪当年使过的那些手段，再想到周染当初差点儿出事的经历，他就像迎头浇了一桶冷水，结果打电话给她，却怎么也联系不上。

他一路追出来，就看到傅泽琪和她纠缠不清。

火气一下子就上来了。

03.

周染也被他吼得愣住了，还没整理好凌乱的思绪，傅泽琪轻哂着先开了口：“徐璟，几年不见，你怎么还是这么自以为是？”

周染生怕他再说出什么过分的话，打断他：“傅泽琪！”

傅泽琪没理会她，径自走过来盯着徐璟：“你是不是管得太多了？我和周染，男未婚女未嫁，你有什么立场插手？你别把自己太当回事了，几年前丢下周染说走就走，怎么，在国外玩够了后悔了，现在又回来吃回头草？”

挑拨和幸灾乐祸的意味太明显。

徐璟嘴角紧抿，转过头看他，眼底戾气极重：“滚。”

“想动手？”傅泽琪笑了笑，“恼羞成怒还是心虚了？徐璟你自己想想，这次回来又在周染身边晃悠，到底是余情未了？还是以前没追到不甘心，凑巧又碰见了，心血来潮想再试一试？”

徐璟眼睫微动，下颌线绷得笔直，手臂上青筋暴起，脸色难看得骇人。

偏偏傅泽琪还在不怕死地挑事：“徐璟，我说错了吗？”

正值比赛散场，周围人群来来往往，这会儿已经有不少人看了过来。

周染怕他们真的动起手来，压着心里的火气，一把将人拽住：“徐璟！”

徐璟一顿，目光落在她拉着自己的手上，嘲讽地扯了扯嘴角：“周染，你觉得呢？”

周染抬眼对上徐璟，半晌，怒极反笑，语气平静又失望：“我觉得？”

她目光一转，落到傅泽琪身上：“我多谢你的挑拨和陷害，还是那句话，这个世界上就算只剩你一个男人，我也不会多看一眼。请你滚，立刻滚！”

傅泽琪脸色变了几变，从赤红到青白，他的视线在徐璟和周染身上来回，带着轻蔑的笑一咬牙将花砸在地上，扬长而去。

气氛陷入凝滞，周染直觉从脚底心升上数股凉意。

认识这么几年以来，徐璟只是站在她的身边，主动的一直都是她。

去了解他的喜好，去揣摩他的习惯，去吃他的醋，去猜测他的哪一句话是真心哪一句话是玩笑……

现在反问她觉得呢？

周染觉得烦躁又委屈，眼中忍不住蓄了泪：“我觉得什么？觉得你是真的喜欢我还是一时心血来潮吗？那徐璟，你想让我怎么觉得？

“你先说喜欢我，但是身边桃花不断，你连一句解释都没有；说喜欢我，可是一听到我和傅泽琪的传言，你连问我都不曾，转头就放弃；我没日没夜地参加锻炼和培训，给你准备生日惊喜跟你告白，结果前一晚你跟卫扬双双出国，只有我一个人被蒙在鼓里；出国四年，你没有主动跟我发过一条消息，连句解释都没有，然后现在突然回来，又突然开始对我好……你让我靠这些去感觉你的心意吗？

“你看到我跟别人在一起心里会不舒服会发脾气，徐璟，那你想过我没有？说喜欢我的是你，一声不吭消失的也是你。你一句解释都不会多讲，我只能猜，不停地向你靠近，不停地试探。我怕错把你的玩笑当真去接受，怕捅破这层纸以后我们连朋友都没得做；我怕我把你的真话当成了玩笑话，错过在一起的机会……

“你让我怎么觉得？还要猜吗？猜你是真的喜欢我还是我一厢情愿自作多情？

“徐璟，在你眼里，你觉得我们是什么关系？”

远处几声闷雷滚动而来，风似乎从平地而起，豆大的雨点迅速砸下来，沉闷的空气中夹杂上水汽让气氛更加窒息。

周染一口气说完，红着眼深深看了徐璟一眼，没给他说话的机会，扭头就走。前边刚好有人从出租车上下来，她挥了挥手，加快步子跑过去，钻进车里。

出租车碾过一地雨水。

徐璟站在原地，握紧了拳头。

“怎么了？”

于飞撑着把小花伞，一路喘着粗气小跑过来替他遮雨，察觉到不太对劲的气氛，又看了眼徐璟的脸色，顺着他的视线看过去，空空荡荡的街道上只有一堆被雨打落的叶子。

于飞有点茫然，在他面前挥了挥手：“看什么呢？没事吧？”

他一早跟徐璟过来看车赛，结果下午刚出赛场，这家伙就不见了，打电话也没人接，他找了半天才找到这儿，结果就看见这么个半傻的人。

“走吧走吧，雨这么大，就别站这儿凹造型了！”

于飞拍了拍徐璟的肩膀，帮他撑着伞：“这雨真的太急了，我刚刚去便利店买伞，简直是拼了老命才抢到这么一把小花伞，我跟你说……哎哎哎，你跑什么？你不撑伞了啊？雨这么大……”

04.

办公室最近气氛不太对。

最先察觉到端倪的是雯雯，平日里周染亲自送去总经办的文件，现在全部交给她来帮忙跑腿，而那边办公室里，连个人影都没有，所有的资料文件又都靠助理带给徐璟。

私下里，公司八卦群里也已经悄悄议论了好几次。

有人说是徐璟追人失败，也有说小情侣吵架。

“周染姐，”雯雯交完会议纪要，没有直接走，看了眼她的脸色，犹豫了下，还是开口道，“你跟徐总……是不是吵架了？”

周染正低头做备忘，闻言笔尖一顿，纸上氲开一点墨迹，她很快继续写下去，头也没抬：“没有。”

“哦。”雯雯抿了抿唇，犹豫了一下，又多嘴道，“周染姐，我觉得徐总这个人吧，就是看上去有点不太好打交道，脾气不太好，然后也不怎么会说软话，但是人其实还挺好的。之前他不是训哭过我好几次嘛，我最开始其实挺怕他的，总担心他早晚会辞退我。

“但是发现并没有，训归训，完了之后还是会给我很多专业性的建议。

“所以周染姐，你们要是有什么摩擦，你也别太往心里去了，两个人好好聊聊，事情总会解决的。”

周染随口“嗯”了一声，雯雯还想说什么，她起身看了眼时间：“到点了，可以下班了。”

雯雯迟疑片刻，点点头，走之前又突然想到什么，补充道：“哦，对了，周染姐，那个，其实，徐总这几天没来上班。”

周染愣了，抬头看向徐璟办公室的方向。

大门紧闭，里边灯光全暗，隔着百叶窗，只隐隐约约看见里面柜子上的绿植，叶子软趴趴地耷拉着，像极了他们这几天的关系。

好半天，她收回视线，靠坐在椅子上，沉沉地叹了口气。

发火一时爽，事后火葬场。

她那天也是受周曳和傅泽琪说的那些话的影响，本来心情就不好，再被徐璟那种态度刺激一下，整个人就有点失控，火气上来，说话真的不过脑子。

事后想想，也挺后悔的。

她没想把两个人的关系弄到现在这么僵的地步，但是话都已经说出去了，她也还没想好该怎么面对他。

回到家里，哈哈已经自己叼着牵引绳站在玄关处等着了，见她回来，疯狂摇尾巴，眼巴巴地看着她。

自从那几只小奶狗出生后，周染每天晚上都会带它去看看它老婆孩子，上次和徐璟吵过架之后，她就再没去过了。

哈哈每天都这么眼巴巴地等着她。

要不然，今天去一趟吧？

总让人家父子分离一家人不得团聚，总归也不太好的吧？

她坐在沙发上，抓起旁边的手机，划开置顶聊天框，想打字，又不知道怎么开口。

她纠结了好半天，无比烦躁地抓了抓头发，正觉得崩溃的时候，手机突然振动了一下。

微信弹出消息：

于飞：周染，有空吗？把周年庆的活动流程和邀请函拿过来给我，急用，我等下发地址给你。

于飞：[地址]。

周染看着屏幕上的地址。

距离她家不到二十分钟的路程。

这不就是，徐璟家里吗？

而且，活动流程和邀请函设计，不是可以传电子邮件过去的吗？

不管了。

她也没再多想，回了句“好的”之后，立马冲到玄关处换了谢，给哈哈系上牵引绳，一人一狗下了楼。

另一边，于飞和卫扬从徐璟家里出来，带着小芒果去吃饭。

点完菜，于飞还有点不放心：“我们就这么走了，老徐不会死在家里吧？”

“他自己作的。”卫扬一边帮小芒果整理衣袖，一边头也不抬地应着，“我早就跟他说过，让他好好去追人，别整天摆个臭架子，他就不听我的，现在好了，跟人吵架了。吵也就算了，低个头说两句软话把人哄回来，有那么难吗？”

“卫扬，”于飞把餐具拆开，递到她面前，又多看了她一眼，“你不也傻吗？那天，大晚上的，你把小芒果送去人徐璟家里，都没想过会让人误会？”

“是，这事是我考虑不周，可是我也不知道周染那天就在他那啊。再说了，我是那种没眼力见儿的人吗？我一看状况不对，当时就想着说趁这个机会，帮忙撮合一下他俩，顺便也能避免误会，结果呢，我话都还没说出口，徐璟就直接下逐客令赶我走了，我以为他至少会跟周染解释一下之类的，谁知道他是根木头桩子啊？”卫扬颇有些恨铁不成钢的意味。

“卫扬，我问一句话，你别生气啊，”于飞咳了咳，“我一直觉得吧，徐璟这人其实挺不错的，小芒果也喜欢他，你又跟他认识这么多年，关系也不错……”

卫扬皱了皱眉：“你想说什么？”

“我就想说，”于飞试探着问，“你对他真的就没有一点想法吗？”

“于飞你是把自己脑子涮火锅吃了吗？”卫扬气笑了，“你也说了，我跟他认识这么多年，我要是对他有想法，还用得着等你在这儿跟我说？”

于飞小声道：“那你为什么每次有事都找他帮你带芒果，不找我啊？”

“找你？”卫扬帮小芒果擦了擦手，把盘子递到她跟前，又夹了点菜，才抬眼看向于飞，“找你帮我带闺女去泡妞吗？还是蹦迪喝酒打游戏？”

于飞：“……”

顿了顿，他帮小芒果盛了碗汤，递过去，小声自言自语道：“我也会照顾小孩子啊。”

周染带哈哈去了徐璟那边，楼下大门没关，她一路畅通无阻上了二楼，客厅里空调温度打得极低，推门进去，扑面而来的冷气激得她打了个寒噤，哈哈一进门直接就冲去了狗窝看自己老婆和崽崽。

周染把手里的文件夹放在桌上，又喊了于飞两声，没人应，本来想借这个机会看看徐璟，结果环视一周，也没有他的影子，她不死心，故意扬声清了清嗓子，然而屋子里依然没有任何动静。

她熟门熟路地在电视柜下边找到空调遥控器，把温度往高调了点，经过卧室的时候，发现门没关严实。

“徐……”她抿了抿唇，装作很淡定的样子，轻轻敲了敲门，“那什么，我过来给于飞送资料，你跟他说一声，我放外边桌子上了啊。”

没有回应。

她又敲了敲门，然后试着推了推门。

房间里遮光窗帘拉得严严实实，室内光线极暗，只隐约看得见床上凸起的一块，地板上七零八落地散着些文件。

“徐璟？”周染喊了声，见对方没有反应，转过身在墙上摸到开关，开了灯。

05.

房间里敞亮起来。

灰色的空调被掉了一半在地上，另一半被歪歪扭扭搭在床上的人腿肚子上，再往上，因为睡姿的原因，睡衣下摆卷上去了一点，露出一小截紧实的小腹。

周染移开视线，皱了皱眉，过去帮忙把毯子从地上拾起来，随手往上盖了些，这才留意到他有些不正常的脸色。

他睡得并不安稳，眉头死死皱在一起，眼角隐隐有些泛红，额角的头发被汗水浸了个透。

她抬手摸了摸他的额头。

滚烫又潮湿。

她又喊了喊他，对方没有一点要清醒的样子。

“睡睡睡！”她又急又气，又推了他一把，“烧死你算了！”

话是这么说，她还是起身把房间温度调上去，然后起身去卫生间弄湿了毛巾，丢到他脑袋上，又找到医药箱，帮他测体温。

39.8℃。

“徐璟！”

她觉得烦躁，伸手一把扯掉他头上的湿毛巾，拍了拍他的脸，又用力拽他：“你起来，跟我去医院！听见没？”

徐璟刚睡熟没多久，其实是知道她过来了，但是实在困得不行，眼皮子重得厉害，索性也就没吭声，任凭她在他跟前折腾。

周染力气到底差了点儿，想把徐璟从床上拽起来太难了，她一咬牙，索性两只手一起，拽着他的两只手臂：“徐璟！你想死吗？再这么烧下去脑子就要坏了。”

徐璟被她拽得往床边上挪了一点。

他这两天折腾得实在够呛，先是那天淋了大雨，他惦记着周染发火的事情，想等她冷静下来跟她好好聊聊，结果一回头又接到恩师病重的消息，连夜飞往国外，之后参加总部会议，再回来的时候，公司又堆了一堆琐事等他处理。

好不容易空下来，他只想睡觉。

“徐璟！”周染实在不放心，她刚刚压下去的那么点火气，“噌”地又重新冒了上来，急红了眼睛，“你——”

话音未落，床上的人忽然睁开眼，冷不防地，她被拽了一把，整个人重心不稳直直往前栽了下去。

隔着薄薄的毯子，她清晰地感受到他胸膛的坚硬和体温的灼热，愣了下，耳尖后知后觉开始发烫。

安静了三秒。

“徐璟，”她压着脾气，把胳膊抽出来，撑着身体爬起来，“你先……”

他一用力，她再次被他满满地抱在怀中，他两只胳膊搭在她背后，将人环在胸口，声音沙哑又疲惫：“家里有药，让我再睡会儿。”

顿了顿，他又开口：“染染，你别生气了，好不好？”

说话间，他胸腔的轻微振动传递给她，像是巨鼓擂心，他灼热的呼吸落在她耳边：“我没喜欢别人，也没不在意你，我只是觉得……”

他顿了顿：“我跟她们本来就没什么，所以也没什么好解释的。”

他声音压得很低，大概因为生病的原因，听上去有些气力不足，又莫名让人觉得有点委屈。

周染没说话，也没动。

过了好半天。

见他没再出声，她悄悄扒开背后的两只手，结果再次被人一把抓了回去。她一脑袋磕到他下巴上，没好气道："不是说有药吗？我去给你拿！怕你到时候烧成智障了来我这儿碰瓷！"

头顶上传来很轻的一声笑，然后她被松开。

周染在床头柜抽屉里找到了他说的退烧药，倒了一杯温水给他拿进来。

床上的人已经睡着了。

她将人叫起，徐璟的意识还不怎么清醒，索性就势靠在她肩膀上。

周染端着水杯的动作微微一顿。

"你坐好！"她皱着眉，腾出手来拽了一把，一松手，对方又软趴趴地把脑袋靠回去。

周染："……"

她怀疑发个烧，真给徐璟把智商烧回去了。

他汗涔涔的额头贴着她的脖颈，她就着这个姿势呆坐了几秒，然后认命般地轻轻吐了口气，扶着他的脑袋，把手上的水杯先放到床头柜上，然后拆开药递到他嘴边，戳了戳他，语气硬邦邦的："张嘴。"

好在他没再固执，依言吃了药，就着她的手喝了几口水。

周染又逼着他多喝了点水，帮他把被汗湿的睡衣换下，丢进洗衣机里，再折回来把房间里丢得乱七八糟的东西简单收拾了一遍。

做完这些，她摸了摸他的额头，没之前那么烫手了，扭身重新给他换了条湿毛巾敷上。

在他床边坐下，这几年第一次这样安安静静、大大方方地看着他。他和当年一样俊朗好看，岁月给他增添了更多的男性魅力，闭着眼依旧锋芒毕露。

她垂眸，轻轻牵了牵他的手。

她最生气的时候，其实是想过跟他大吵一架，逼着他把每一件事情都解释得一清二楚，也许才会消气。

可是现在发现，他只是软了态度和语气说别生气了，她就已经缴械投降。

用情深的那一个，没有什么不可原谅。

徐璟放在床头的手机振动起来。

一个视频请求。

她看了眼仍在熟睡的徐璟，犹豫了下，点了接听。

画面闪了两下，屏幕里出现一个混血小姑娘，对方看到她也愣了下，眨眨眼又很快明白过来，笑着跟她打了个招呼，然后中英文混杂着开始跟她解释。

大概就是说，她之前跟徐璟合租过一段时间，前两天老房东找到她转述徐璟的请求，说是当初因为她误接的一个电话导致他和女朋友之间出现了误会，所以希望如果她方便，可以出面解释一下。

“坦白讲，谁会记得几年前接电话这种小事？”姑娘笑，“但是，上帝做证，我绝对不会爱上徐。当然，他是一个很优秀的男人，我只是想说，我已经有喜欢的人了。”

镜头晃动几下，视频里出现一个人，两人相识一笑。

……

挂断视频，周染垂眸，莫名觉得好气又好笑。

她放下手机，侧过头看了看床上的人。

他吃过药，睡得沉，眉头稍微松了些，不知道是不是这几天没有休息好的缘故，眼底染了层淡淡的青灰，嘴角也有些泛白，整个人看上去憔悴了很多。

她伸手戳了戳他的下巴，他顺着她的动作往这边偏了偏脑袋。

周染攥了攥手指，心跳莫名有些加速。

刚刚那会儿，为了让他睡得踏实些，她特意关了顶灯，只留下床头的一盏小灯，这会儿重新坐下来，房间里越发安静。

“徐璟。”她轻轻喊了声。

他没应。

顿了顿，她抿了抿唇，深深地吸了口气，然后俯身凑过去，低头覆上他的嘴角。

温热，柔软。

她听见自己心跳的声音。

门口忽然有响动，紧接着是哈哈冲出去的动静。

周染呼吸一紧，红着脸立马起身，手腕却被人拽了一把，她刚刚直起到一半的身体，又重新倒了下去，看上去像是靠睡在他身边。

“老徐啊，我给你打包了牛肉焖——”

于飞拎着打包盒走到房门口，看见里边的画面，整个人一僵，愣了三秒钟，默默地后退：“那什么，我突然想到，我刚刚好像没吃饱，我先出去吃饭了，我什么都没看见，打扰了，你们继续，继续啊。”

他转过身，默默地做了个挖自己眼睛的动作。

周染看了眼从门口退开的人，脸有点发烫，又低头看了看徐璟，他看上去并没有清醒的迹象。

她想到刚刚突然被拽的那一下，还有些心虚，试探着喊：“徐璟？”

他双眸紧闭，呼吸绵长，看上去睡得深沉。

她默默地松了口气，然后松开他的手，重新整理了下床上的毯子，做了个深呼吸，调整好自己的情绪，这才关了床头小灯，起身往外走。

于飞正俯身在沙发上翻找，不知道找什么，见周染出来，赶紧往她身后看了一眼，发现没有别人，终于松了口气，又忍不住八卦：“你们……”

“我是来送周年庆活动流程和邀请函的。”周染略微不自在地指了指桌上的文件夹，“给你放桌子上了。”

于飞顺着她的视线看过去，有点茫然地“啊”了一声。

“不是说有急用吗？”周染狐疑。

于飞有片刻愣怔，又忽然想到什么，一拍脑门，恍然大悟似的：“啊，对对对，急用，特别急！”

说着，他俯身拿起桌上的文件夹，装模作样地随手翻了两页：“好好好，拿来了就好，辛苦你了！多谢多谢！”

周染略微古怪地看了他一眼：“东西送到了，那我跟哈哈就先回去了？”

“好，好好好！”

大门“吱呀”一声关上。

于飞这才气急败坏地冲进徐璟房间里，愤愤地把一大袋打包食物搁床头柜，弯腰熟门熟路地从他枕头下扒拉出自己的手机，气呼呼地说：“怎么不烧死你这个老不要脸的呢！”

徐璟慢悠悠地睁开眼，从床上坐起来，捂着嘴边轻咳边笑：“注意你的态度，我还是个病人。”

“病你——”于飞咬牙，“我吃饭结账的时候没找着手机，回来在客厅翻了大半天也没找着，还想着我也没去哪儿不该丢啊！怎么就把你这个不要脸的给忘了呢？还要什么活动流程什么邀请函，非要人家给你送过来，亏你想得出来！徐璟，你的脸呢？”

于飞愤愤地划开手机屏幕：“我出去前前后后才多久的工夫，你连我的手机都不放过！我今天回去就要改密码！”

徐璟笑了笑，不紧不慢地开始拆打包盒。

于飞看他开心的样子就觉得不爽，一把夺过饭盒：“吃吃吃！我怎么不把你给饿死呢！”

徐璟难得好脾气地没怼他，拿起放在床头的水杯又喝了两口水。

于飞都已经做好了跟他互怼八百个回合的准备，结果没料想他一声不吭，脸上还挂着让人毛骨悚然的微笑，真是不适应啊！

想了想，于飞有点后怕地又把手里的饭还给他：“吃吃吃！撑死你这个老浑蛋！”

徐璟接过饭，笑着继续拆包装盒，想到什么，又摸了摸自己的嘴角。

一触即逝的温热触感仿佛还在。

他低了低头，嘴角的弧度一点一点地扬起来。

于飞骂骂咧咧地出了房间，又回头想叮嘱他按时吃药，结果一抬眼就看见他那荡漾的笑，浑身一抖，忍不住打了个冷战，无比崩溃地揉了揉头发：“完了完了，还吃什么药，这货脑子已经烧坏了。”

·第九章·

LIANAI
QINGKONG
YIWANLI

/

怎样表白比较正式？

01.

公司五十周年庆在八月底。

如之前计划的一样，除了酒会庆典和现场的各大媒体报道之余，今年还组织了场公益活动，以公司的名义准备了大量物资和善款，为贫困山区儿童提供立体化帮助。

周染最近状态有些不在线，也还没想好怎么处理和徐璟之间的关系，所以主动请愿随公司志愿队伍去往山区。

大巴车摇摇晃晃开了七八个小时，地势崎岖，山路蜿蜒险峻，最陡峭的地方，从车窗看出去，就让人觉得眩晕。

周染戴着耳机闭眼休息，到村子里时已是傍晚。

夏季天黑得稍微晚一些，山风凉爽，迎面吹过来，混杂着植物的清香。一眼望过去，满目青绿，远山尽头浮着晚霞。

自然环境不错，但与之形成鲜明对比的，是小村镇的穷困。

山坳里简陋砖瓦房零散在各处，年代久远，有些看上去像是危房。

周染吸了口气，活动活动坐车到僵硬的四肢。

迎接他们的是老村长，老远一路小跑过来，热情又激动地挨个握手，操着不标准的普通话表示欢迎："辛苦了，辛苦了！"

村长是位年过半百的老先生，身材瘦小，颧骨突出，两鬓已经花白，笑起来满脸都是干瘪的皱纹："真是太感谢你们了，喝点茶吃个饭休息休息。"

跟他同来的憨厚村民拎着水壶一碗碗水倒好递过来，周染和同事们赶紧道谢接过。

"小周，"司机老赵师傅仰头灌了几口水，擦了擦汗，跟周染和村长商量，"大叔，这天儿也不早了，饭就先不吃了，咱们要不先把东西搬进去？"

这里灯火不方便，再晚些时候，等太阳落山了，黑灯瞎火的，再搬东西就不方便了。

几个人一合计，原地休息几分钟，就各自开始行动搬起东西。

大多是一些衣物和生活用品，以及给孩子们的学习用具和书籍。

有放了学的孩子好奇又热情地跑过来帮忙，十来岁的小家伙们，力气到底不比成人。

周染将打包的一箱书拆分开来给他们。

小孩子太热情，个个拥挤过来抢着搬东西。

她从大巴车上抱了只大箱子下来，本身箱子比较沉，转身又不知道被谁推了一把，重心不稳，手里的箱子撞到车门上，眼看着就要砸下去，却被人伸手稳稳接住。

“这么点儿力气还硬要跟来？”

熟悉的声音。

周染有一瞬间的错愕，抬眼，果然是徐璟。

他应该是从公司直接过来的，身上还穿着周周正正的白衬衫，头发是特意被打理过的样子，看上去干净又斯文。

她几乎下意识地皱起眉：“你发烧好点没？怎么来这儿了？”说完才觉得接这句话莫名有点亲昵和突兀。

她咳了咳，尴尬地错开视线，略微不自在地摸了摸鼻子，单方面选择忽略掉刚才那句话，低头继续搬东西。

手腕却突然被人一把抓住，不等她反应，手背已经贴上了他的额头。

“你摸摸？”他眼底有揶揄的笑意，说话却是一本正经的样子，“还烫吗？”

看他这样子，也知道全好了。

周染脸红心跳地抽回手，瞪他一眼，转身继续给旁边的小朋友分书。

徐璟笑了笑，俯身把从她手里接过来的箱子放到地上，三两下划开胶带。

小朋友们七手八脚地拿了书，笑嘻嘻地搬着跑开。

车上还有别的很多东西。

周染整理好地上的废纸，也没再管他，返身上车继续去搬东西，徐璟先她一步挡在了车门口，低头看了看她，笑着：“行了，我来！”

周染也没跟他抢，等他上去搬了东西下来，自己才跟着上去。

徐璟也没再拦她，等她拿了东西从车上下来，才转过身很自然地从她手上把箱子接过来，趁着她松手的空当，他假装没拿稳，稍稍脱手，她下意识就去接。

两个人距离忽然拉近，她一抬头额头擦过他的嘴角，又想到什么，瞬间就红了脸。

徐璟将她的反应尽收眼底，得逞一笑，又装作什么都没有发生，稳稳地托住箱子，顺势倾身往前，凑过去仔细看着她，一本正经道：“脸怎么这么红？”

不等周染开口，他先腾出一只手伸过去探了探她的额头，故意道：“也没发烧啊？”

周染来不及反应，他已经先收回了手，很轻地笑了声，转过身继续去搬东西。

她这才后知后觉听出来他语气里的戏谑，摸了摸自己的耳朵，也没再搭理他，去另一辆车那边给其他人帮忙。

她才转身，嘴角已经忍不住往上挑起细微的弧度。

搬完东西，天已经全黑。

村长夫妇张罗了饭菜，招呼着大家吃晚饭。

露天的院子里支了两张小木桌，村长夫人从内屋牵了根电线出来，老式的电灯泡光线昏暗，招来一些小飞蛾撞在灯泡上面，发出噼里啪啦的细微声响。

过来一起吃饭的村民不多，但小朋友倒是来了不少，三五个凑一起站旁边好奇地张望。周染从包里拿了些提前准备的零食分给他们，一帮小孩相互推搡着，犹豫半天，才羞涩地接过去，小声地道了谢，然后笑闹着跑开。

“就是委屈了孩子们。”老村长看着那群光着脚丫子嬉闹追赶的小家伙，叹了口气，操一口不大标准的普通话，“咱们这儿地势不好，山里又种不出什么东西，穷了这么多年了，稍微有点能力的年轻人都出去谋生了，就剩下我们这些老骨头和这帮小捣蛋。”

有个大胆点的小姑娘一点点挪到周染身边，想搭话又不好意思开口，咧嘴冲她笑。周染垂眸，弯了弯嘴角，伸手揉了揉小姑娘的脑袋。

“我最担心的还是教育问题啊，我们没文化算半个睁眼瞎，可不能让小孩们也吃这个亏，”老村长目光落在小姑娘身上，抿了抿嘴巴，“咱们这儿这么大片山，前前后后就只有一个学校，孩子们大多凑合着上个小学，完了就得帮家里种庄稼干农活带小孩，一代一代循环，要走出去，太难了。”

不亲眼见到，大概不会有人想到在如今这个发达的时代，还会有这样一群人过着如此的生活。周染只觉满眼满心都是酸涩。

大概太久没有跟人聊过这些，老村长点了根烟，不紧不慢地又跟他们说了很多村里的事情。

以前也有企业说是要资助这里，报了一大笔钱，当时闹得轰轰烈烈，大家都很开心，说不出什么感谢的漂亮话，淳朴的村民只能用行动表示，纷纷把自家舍不得喝的陈年老酒、养了好久的老母鸡等过年都舍不得吃的东西拿出来，以表示感谢。

结果空欢喜一场。

那帮人来合了影，吃吃喝喝，四处拍了照片以后，扬长而去。

除了一地垃圾，什么都没留下。

说是公益活动，其实只是作秀。

村民们受了骗，越发对外界抵触。

……

老村长有很重的地方口音，语速快了，周染听起来就有点困难，只能勉强连蒙带猜听个大概。

但徐璟跟老村长沟通起来好像毫无障碍，甚至有的时候，他还能用方言接两句，偶尔会低声帮周染翻译一遍。

晚上九点多，周染和徐璟被安排着住在附近村民的家里，由几个小孩带着过去。

路上，她忍不住问起徐璟：“你不是这边人吧？”

徐璟没看她，自顾自笑了下，指了指自己的脑袋：“可能因为我这儿比较聪明。”

周染撇撇嘴，他又补充：“我提前做过功课，毕竟我来这里，不是为了躲谁。”

周染脸上一热。她过来也确实有很大一部分原因是这个，她还没想好怎么处理两人之间的关系。

黑暗里他的眼睛熠熠生辉，她扛不住，有点不自在地避开。

两人并肩走着，周围只剩他们的脚步声和不知名的虫子的叫声。

“我妈妈是这边的，”徐璟不逗她了，“离这儿不太远，当地语言基本都是相通的。”

周染还一脑袋乱想中，只觉得心里莫名地有雀跃有紧张，她闷闷地点头。

“你有兴趣的话，”他语气慢下来，侧头看她，“哪天我带你去看看，我妈妈也很多年没回来过了，到时候一起，我觉得，我妈妈应该还挺喜欢你的。”

他像是随口的提议，周染心脏重重一跳。

和他妈妈一起吗？

她下意识就觉得自己解读过度了，可能他只是随口一说，到了她这里，就能理解成见家长了。

徐璟侧过头看了她一眼，瞬间明白她的纠结，笑了笑：“对，就是你想的那样，我没在开玩笑。”

“你不是总觉得我不够认真吗？”他苦恼又无奈，“我也想不到怎么才能证明我不是在开玩笑，所以我想着，要是先把你掳回去见见我妈，这样你会不会比较踏实一点？毕竟，这样的话，我哪里没做好，你也可以去跟我妈打打小报告。”

不等周染有所反应，他凑过来，压低了声音：“告诉你一个秘密，我其实特怕我妈，你要是给她打小报告了，她铁定得揍死我！”

周染无法消化这突如其来的一切，就那么愣愣地停在原地，想看他不敢看他。

他温和地笑：“软肋都交给你了，这样你会不会比较相信，我是真的在追你？”

周染完全不知道自己现在是什么表情，她的脑袋里只有轰隆隆几个字不断滚过：在追你！在追你！追你……胸腔中有要溢出来的欢喜，她想尖叫，想哭，就是不知道该如何抬头……

徐璟倒也没有逼着她非得给个什么回应，有点好笑地摸了摸她的脑袋。

前边蹦跳着带路的小朋友停下来，回过头冲他们指了指前边的小屋：“哥哥姐姐，到啦，你们今晚就跟我爷爷奶奶住，这里有两个空房间。”

周染努力克制住自己快欢喜炸了的情绪，不去看徐璟含笑的眼，把包里剩下的零食全掏出来分给小朋友：“谢谢你们！今天你们帮我一起收拾了碗筷，都很乖，这是给你们的奖励。”

都是些果干坚果之类的小零食，她想了想，又提醒道：“今天太晚了，留着明天吃。”

小朋友们简直高兴坏了，把零食抱在怀里，说了“哥哥姐姐再见”之后欢天喜地地往自家跑去。

小小的背影融入黑夜里，周染转过头就对上徐璟的视线，才想起她还没有回复他的问题。

踟蹰间，徐璟先笑了，朝她伸手，掌心向上，一副讨要东西的模样。

周染愣了，有片刻茫然。

“我的呢？”

徐璟挑了挑眉，保持着伸手的动作没变，继续道：“不是说表现好的都有奖励吗？我表现不好吗？”

周染：“……”

她抿了抿唇，耳根越来越烫，抢在他继续打趣之前，径自绕过他直接去旁边的小水龙头洗了把脸，埋着头往屋里走：“我先进去睡了。”

她指了指旁边的水管：“你洗了也早点休息，明天还要回去。”

徐璟挡住了她的路也没让开，还是看着她，也没接话，又冲她伸了伸手。

周染看了看他，想说什么，犹豫了下，又没开口。

她有些无奈，顿了顿，还是从衣兜里摸出了自己私藏的最后一条巧克力，拿出来交到他手上，打发了他然后往屋里走。

徐璟垂眸，看着掌心里的一小条巧克力，黑色的包装在昏暗的灯光下，反射出一点隐约的光芒，上面还残留着她的温度。

他牵了牵嘴角，抬眼看着她的背影：“染染！”

周染脚步一顿，回过头，他还站在三五米开外的院子里，嘴角的笑意还没消散。

“你还生气吗？”他看着她，一点点收起漫不经心的样子，认真道，“对不起，以前很多事情是我没考虑清楚。”

横在两人间的那点别扭终于挑破。

周染轻轻地吐了口气，低了低头：“没有。”

“聊聊吗？”他朝她伸手。

夜色沉静，落满一地月光，风从遥远的树林深处涌来。

她抬头看他，点头：“好。”

02.

小屋旁边有一条小山路，两边是低矮的灌木丛和杂草，再往下是被开垦出来的一小块菜地，远处有小片的田野，中间零零散散地夹杂着天然形成的小水潭，在月光下反射出晶亮的光芒。

周染跟在他身后，两个人一前一后地走着。

山路不平，偶尔遇到崎岖坑洼的地方，他很自然地转身，牵住她的手。

“那天我发脾气，没有针对你，也没有傅泽琪说的那个意思，你别信他。我就是，”他似乎有点不知道怎么说下去，有点无奈，“有点被你气糊涂了，我给你打了那么多个电话，你给我玩关机，等好不容易找到你了，看见你和傅泽琪在一起。你明明知道他是个混账东西。”

周染小声地说：“我没有，是他过来的。”

“我知道。”他轻轻地“嗯”了声，捏了捏她的手腕，低笑，“但还是忍不住，就还真的，挺怕你跟他在一起的，所以，当时情绪有些上头，说话也有点不过脑子。”

“我也是。”她开口，一点一点地试探着反握住他的手，低了低头，“我那天，其实也没觉得你不好，就是被你那话激到了，一时情急脾气上来，我——”

话刚说到一半，身后不远处忽然传来小朋友的哭声。

由远及近。

扯着嗓子的哭号，夹杂着草丛里磕磕绊绊的脚步声。

周染心里一凛，徐璟皱了皱眉，两个人对视一眼，立马折返回去。

老远就看到边哭边跑过来的小姑娘，她记得清楚，就是晚饭时候趴在她腿上跟她聊天的那个孩子，叫念双，十几分钟前才刚刚送他们过来。

“怎么了？”

“姐姐！”小姑娘哭得上气不接下气，话也说不太利索，“丫丫爸爸又……又发病了，打人……”

她的普通话不标准，周染听不大明白她说了什么。

徐璟已经俯身单手将小姑娘抱了起来，另一只手牵着周染，两个人跟着念双一路赶去叫丫丫的小孩家里。

院子里亮着灯，大门紧锁。

里边有东西摔碎的声音，伴随着孩子的哭叫声。

站在门口的小男孩见念双喊了人过来，立马冲过来：“哥哥……哥哥……”

“别着急，”徐璟蹲下身，对着小男孩，“慢慢说。”

小男孩努力稳住即将哭出来的情绪：“我们刚回来，丫丫的爸爸就犯病了，在里边摔东西打人。他把门锁了，我们进不去，陈昊已经去喊村长了，丫丫还在里边……”

他这么一说，徐璟和周染心里都已经有了个大概的揣测，丫丫爸爸大概是有精神方面的疾病，发起疯来谁都不认识。

徐璟过去推了推门，冲里边喊了两句，没有半点反应。

他打量了下周围的环境，然后把念双推到周染怀里：“你们待在门口，我等会儿把丫丫带出来。周染，你帮忙看好孩子。”说完又去嘱咐旁边的小男孩，“你去找村长，过来的时候带上绳子。”

小男孩点点头，转身拔腿就跑。

周染怀里的小姑娘害怕得又哭了起来，周染注视着徐璟，叮嘱：“你小心点。”

徐璟忽地笑了，轻轻拍了拍她的肩膀。

院子右边是半堵土墙，并不算高，徐璟借力利落地翻了过去。

里边一片混乱，院子里到处都是摔坏的东西，男人已经失去理智，抓到什么摔什么，一个小姑娘头发散乱，哭着过去抱父亲的腿，被他粗鲁地一把推开，小姑娘又追过去……

徐璟进去的几分钟，里边动静一直没停。

周染看着还挺冷静，但额头不知不觉沁了一层细汗。

她默默地扫了眼周围的环境，心里盘算着把念双一个人放在这儿，自己也翻墙进去帮忙的可能性有多大。

木门忽然“吱呀”一声开了，丫丫抹着鼻涕泡在徐璟怀里挣扎。

不远处，老村长也带着人过来了。

周染总算松了口气，两三步过去从徐璟怀里接过丫丫：“你没事……”

“吧”字还没出口，她一抬头看见丫丫的爸爸不知道什么时候从屋里窜了出来，手里还拎着木棍，他傻笑一声，照着徐璟的后脑勺就要往下砸。

“徐璟！”她猛地一惊，几乎本能地伸手去挡。

徐璟反应很快，一把护住她往旁边闪避开来，语气微凛：“周染你疯了？胳膊不要了？”

男人扑了个空，立马又回身再次冲过来，蛮力十足。

徐璟抱着小孩又护着周染，躲避不及，生生挨了一棍，下意识闷哼一声。

周染听到木棍撞击皮肉的闷响。

男人正发病，追着他们，手里的棍子毫无章法地砸下来，用了十成的力气。

徐璟护着丫丫跟周染，混乱中没少挨揍。

村长和几个小伙子将丫丫的爸爸制伏，又喂了药安顿好，过来解释说丫丫的爸爸年轻时受了刺激，精神有问题，这几年也是时好时坏，又前前后后跟徐璟他们各种道歉。

情况特殊，徐璟也没想计较，宽慰了老村长几句，嘱咐他多安抚小朋友，这件事以后还是得多上心想想办法。

老村长连连应下。

处理好这些，徐璟才带着周染折返到住的地方，她红着眼，小心地牵着他，从头到尾一句话都没说。

已是半夜，屋里的老人见他们回来，担心地多问了几句情况，又拿了药出来。徐璟道了谢，又安抚了两句，看着他们回房睡觉，这才拿着药进了房间。

周染还是没说话，出去打了盆水进来，从他手里拿过药，仔细看了看，重新塞回他手里："这个是外涂的，这个是内服活血化瘀的。"

徐璟看着她，笑：“好。”

她再没说话。

他坐在床边上，侧对着她开始脱衣服，原本干净的白色衬衫已经脏了，皱巴巴的。

周染坐在墙边的椅子上，看着他解开前襟的衣扣，露出好看的锁骨线条，背上却一片青紫，看上去有些触目惊心。

她目光顿了顿，然后别开。

徐璟注意到她的小动作，顿了顿，把衣服套上，走过去俯身捏着她的下巴，将她脸抬起来对着自己。

她眼角还泛红，眼睛里氤氲着点水汽。

“怎么还哭上了？”他心里忽地软下来，用指腹蹭了蹭她的眼角，笑了笑，“好了，没事，我这不是想英雄救美嘛！”

她没说话。

“好了，别哭了。”他将人往怀里带了些，轻轻拍了拍她的后背，“你看丫丫刚刚都已经不哭了，你不能连一个小姑娘都不如吧？再说了，一个大男人皮糙肉厚的，你怕什么？”

周染也知道，特殊情况不怪谁，但就是觉得心疼，疼到忍不住掉眼泪。

不想被他看见自己矫情掉眼泪的样子，她胡乱地抹了一把眼睛，一把拍开他，红着眼：“谁哭了？你赶紧涂药去！”

徐璟笑了笑，然后走过去把药拿起来，又看了她一眼，也没避讳，当着她的面脱下衣服，还故意逗她："你别偷看我啊。"

周染破涕为笑，跟他对着干："我就看！"

一转头，是他壁垒分明的胸肌和腹肌，她的脸瞬间烧了起来，本能地一旋身转过来，眼前全都是徐璟好看的肌肉。

徐璟听见身后的动静，一边慢条斯理地解着衬衫扣子，一边故意喊她："周染，你不过来帮我擦个药？"

"你的手断了？"周染硬气道。

"哦，那倒是没断。"

他嘴上轻轻叹着气，一副被抛弃了的样子，打开瓶子倒了点药水出来，背过手往后背擦去。

略微苦涩又刺鼻的药味在小房间里散开。

他"嘶"地倒吸一口气，装模作样："嗯……还挺疼。"

"你不是挺能耐吗？"周染没好气道。

说是这么说，也明明知道他在装，但到底还是坐不住，僵持了没一会儿，她就转身帮他上药。

他的衬衫松松垮垮挂在身上，露出精实紧致的后背，大片青紫裸露在视线中，周染闭了闭眼，抬手帮他擦药。

徐璟"啧"了声，往后仰头看着她，挑眉："还是男色比较有吸引力。"

没等周染接话，他又继续："没看出来啊周染，你竟然是这种人，垂涎我的肉体。"

周染："！！！"

她“啪叽”在他肩膀上拍了一巴掌，收拾了药水去洗手。

徐璟看着她转身出去的背影，抬手重新穿好衣服，半晌，笑了。

距离天亮还有两三个小时，见徐璟确实没什么大问题，周染也总算放下心来，在小藤椅上躺了一会儿，眼皮子渐渐重起来，大脑却还有点清醒。

她觉得，跟徐璟吵了一架，几天不见，他又挨了一棍子……

然后，这个人突然就变了，好像回到了大学时候那个脾气，说什么话都吊儿郎当的，一开口就能跟你开个三天三夜的玩笑，还有点无赖。

果然他之前在公司里的那种高冷人设，都是伪装出来的。

男人啊，你的名字叫虚伪。

不过好在关系总算缓和了。

真希望能一直这样啊。

她心里一软，迷迷糊糊地想着，架不住沉沉的眼皮，渐渐睡了。

徐璟侧头看了她一眼，好半天，慢悠悠地抬了抬嘴角。

手机上微弱的亮光照在他眼底，他低头敲击着键盘。

屏幕上浏览器搜索栏跳出来搜索历史：

冷战缓和后告白合适吗？

怎样表白比较正式？

……

03.

周染被窗户落进来的阳光照醒，揉了揉眼睛，日常爬起来坐在床上发了三十秒的呆，散掉了起床气，环视一圈周围的环境。

还是昨天晚上的房间，只不过她从藤椅上被人转移到了床上，桌边的小风扇被调到了最小，慢慢悠悠地对着床摇头吹风。

她看了眼时间，七点半了，想来闹钟应该是被人掐掉了。

反正也没有太要紧的事，她没往心里去，打了个哈欠，从床上爬起来扎了个头发。

家里老人大概已经出了门，房门敞开着，屋内收拾得干干净净。

她看了一眼，然后出去在水龙头旁简单洗漱了一下。

山里的空气很好，早上的太阳没什么太灼人的温度，山风吹过来，还带着点凉意，她懒洋洋地伸了个懒腰，舒服极了。

“醒了？”

徐璟从院子的厨房出来，端着瓷盘子放到树荫下的石桌上。

煎蛋、小馒头、小菜和白粥。

他擦了擦旁边的石凳，自顾自坐下来，从兜里摸出车钥匙，随手丢到周染的怀里："老赵他们先走了，等会儿你吃完了，我们去看看丫丫和村长他们，打声招呼再回去。"

周染随意"嗯"了一声，昨天停大巴车的地方果然空空荡荡没有车的影子了。她小声嘀咕："怎么这么早就先走了？"

不点一下人数的吗？这还有个大活人没上车好吗？

"早吗？"徐璟没提是自己让老赵他们先走这件事，他挑眉看着她，似乎是思考了一下，然后顿了顿，"哦"了一声，"也是，毕竟大家不像你，有男色可以沉迷……"

周染："？"

"春宵苦短……"

周染：这词儿是这么用的吗？

"还嫌不……"他还在继续。

"徐璟！"周染用力拍了下桌子，打断他，又气又羞，"你在胡说八道些什么！"

"欸，我说错了？那……"他喝着白粥，一副散漫又无辜的样子，"你怎么一觉醒来就爬我床上去了？昨天晚上还说梦话说——"

周染夹了一块小馒头直接塞他嘴里："闭嘴！"

她当然确定自己昨天晚上没有讲什么乱七八糟的梦话，但是谁知道这神经病会胡说八道编出什么鬼东西来。

"想喂我吃东西？"他把馒头从嘴里拿下来，咬了一口，笑得很欠揍，"可以直说啊，不用这么客气！我就知道你对我心怀不轨！早有预谋！”

周染：“……”

徐璟笑了笑，他人生头一次觉得自己还真的……挺不要脸的。

吃完早饭，两人一起去丫丫家里。

丫丫的爸爸赵刚昨晚吃了药，情况已经稳定下来，这会儿已经恢复了正常，愧疚不已地一遍遍地跟他们道歉。

周染又多嘱咐了几句，徐璟悄悄往送给丫丫的书包里放了些现金。

八月份正是炎热的时候，他们的车子开出村庄，从山上下来，路上蒸腾起泥土混杂植物的味道，即便开了空调，五六个小时的车程，还是让人觉得闷得慌。

周染跟徐璟有一搭没一搭地斗了几句嘴，最后还是扛不住打起了瞌睡。

徐璟放下遮光板，绕进一条小路。瓜田两侧种着高大的白杨树，风吹过树叶哗啦啦作响，绿荫落下来，也遮去了不少阳光，燥热总算减少一些。

导航语音不断提示已偏移路线。

徐璟倾身去关导航。

“到哪儿了？”周染也没有真的睡着，活动活动胳膊坐起来，往窗外看了一眼，跟来的时候的路完全不一样，“你认识路吗？等会儿别回不去了。”

“怕我卖了你吗？”他打了把方向，笑了笑。

周染没接他这句话。他昨晚没睡几个小时，一大早起来又折腾半天，她担心他开车太久不舒服：“你前边停一下，换我来开吧？”

“换你？”徐璟扭头看了她一眼，似笑非笑，“瞧不起我啊？”

话音刚落。

车子忽然一阵抖，然后熄火了。

徐璟：“……”

周染没忍住笑了：“嗯，瞧不起你。”

然而，笑意没能维持过十秒……

徐璟打开引擎盖检查了半天，又回到车里。

没了空调，车内温度一点点升上来，越发闷热。

他拿了一瓶水递给周染：“先下车找阴凉地儿休息吧，里边太闷了。我找人过来看看。”

“看不出来哪儿的问题？”

周染开门下来，喝了两口水，绕到驾驶位置试着重新启动车子，侧头听了听点火时的声音，想看看是不是电瓶的问题，还想再去检查下发动机的时候，衣兜里手机振动起来。

她扫了眼屏幕，接起电话。

外边太阳实在太大，徐璟左右环视一周，目光落在瓜田前边临时搭建的小房子，过去跟里边的大叔沟通了一下，然后出来喊周染过去。

“那现在情况怎么样了？”周染皱着眉头，一边讲着电话一边朝徐璟那边去，“我大概今天晚上回去吧，现在临时出了点状况，还不能确定具体时间。”

她进了小屋，冲大叔点点头算是打招呼，不知电话那头说了什么，她眉心又不悦地拧成一团：“傅泽琪？”

这个名字一出，正跟大叔买西瓜的徐璟忽然转头看了过来。

周染正认真听着电话那边，丝毫没留意到他的脸色，捂着听筒抬头问他：“我们大概几点能回去？”

“不知道。”徐璟语气凉凉，也没等周染再开口，他自顾自起身往外走了。

周染一顿，这才想到什么，看了眼他出去的背影，忽然心情大好地勾了勾嘴角。

电话那边还在催问。

她收回视线：“不好意思啊，傅泽琪的事情我真的不清楚，我跟他确实不熟。我不知道你们都听谁说的，但是我真的跟他连朋友都算不上，更不可能有过交往这回事。”

“嗯，”她说，“不好意思，我真没办法找他去帮你……我跟他的关系可能还不如你跟他，没什么差别……你爸爸住院这件事，你要是真的想找他帮忙，我觉得你自己找他开口可能会更有用一点。”

……

电话那头是周染的大学室友段文沁，她爸爸心脏有问题，上周住的院，这两天想转到中心医院，听说傅泽琪在中心医院上班，就想辗转通过周染找他帮忙。

段文沁也是懂味的人，转移话题没再说傅泽琪这个糟心人物的糟心事，两人好久不联系，于是天南地北多聊了几句。

直到挂断电话，还不见徐璟回来。

想到车子也不知什么时候才能修好，周染又给祝禾发了微信大概说了情况，申请场外援助，加上她自己本身对车子结构也比较了解，打算自己动手试着修一修。

刚准备出门，迎面碰上拎了两个西瓜回来的徐璟。

周染从他手里接过西瓜，递到大叔手边的电子秤上。

“要不你把钥匙给我，我再出去看看？”

徐璟没搭理她，付了西瓜钱，让大叔帮忙把瓜切了。

“你别小瞧我啊。”见他不吭声，周染弯下腰，把脸凑到他跟前刷存在感，“我好歹也玩了几年车，一些基本故障还是可以修的。”

刚说完，她忽然意识到自己说漏了嘴，又补充道：“我的意思是我哥和祝禾玩车，我跟着也看了这么几年了。”

徐璟早就已经知道她这几年玩车的事情了，对她说漏嘴这件事倒没什么大反应，还想着她刚才接的那个电话提的那个名字，凉凉地反问：“你挺着急回去？”

“急啊，怎么不急？”

这大热天的，谁不想回去躺床上享受空调和西瓜？

“那恐怕得让你失望了，”徐璟看了她一眼，扯了扯嘴角，“车子修不好了。”

“不一定吧，总得试试，我刚才问了祝禾她……”

“行，”没等她说完，徐璟拿了块切好的西瓜，躺在大叔的竹椅上，跷了跷二郎腿，优哉游哉，“那你去修吧。”

三分钟后——

周染站在路边，面无表情地看着面前的车子，总算知道徐璟为什么那么笃定她修不好车子了。

何止故障？连车轱辘都少了一个！

……

不远处，收废铁的老头儿蹬着三轮车，走出去很远了，都还不放心地又回头看了两眼。

好端端的车子，莫名其妙就要拆个轮子下来卖是什么新玩法？

要不是对方连车钥匙和身份证都能拿出来给他看，他还真不敢做这笔生意。

他又看了看三轮车上放着的那只车轱辘，笑了笑，也算是运气好吧，看着车胎也还好，今天也算天上掉馅饼，小赚一笔了。

唉，就是可惜了，小伙子年纪轻轻的，脑袋坏掉了。

瓜田前面的小屋里——

面对周染的质问，徐璟脸不红心不跳，优哉游哉地啃着西瓜："这前不着村后不着店的地方，可能被哪个小毛贼偷了？"

周染："……"信你哦？

旁边的大叔一双看透一切的眼，只笑笑不说话。

04.

不知道是不是地方实在太偏，之前联系过来提供救援的车子迟迟没来，而天色已经渐晚。

这里前不着村后不着店，好在徐璟车子后备厢里常年放着户外旅行帐篷等物品，加上已是夏天，夜里温度也不算太低，两个人决定在这里留宿一晚，等第二天一早再去联系人过来帮忙。

徐璟很快支起了帐篷。他以前没少往外跑，倒也习惯了随便找个地方倒头就能睡，但是怕周染睡着不舒服，索性把车里的防潮垫、野餐垫连同放在车后座的毯子，能用的全部扒拉下来，给她铺在帐篷里。

周染从车里拿出备用的驱蚊水，给周围仔细喷了一遍，看着徐璟忙前忙后还在找东西往里边铺，好气又好笑："行了，哪那么娇气？"

他看了看，也笑了，逗她："这不是怕你睡不着哭吗？"

周染听出来他还在打趣她昨晚哭的事情，白了他一眼。

两个人又互损了几句，徐璟把防潮垫铺到外边，切了只西瓜，两个人各抱一块坐下来啃。

夏天的夜晚风有些大，树叶被吹得哗哗作响，混杂着小虫子的鸣叫。

这里远离城市，没有炫目的灯光和聒噪的汽车鸣笛，天空高而远，星星看上去又密又亮。

一切都让人很容易安静下来。

周染一边啃西瓜，一边抬头偷偷看旁边的人。

他连吃东西都很斯文，同样的西瓜，周染啃得参差不齐，西瓜汁流得到处都是，他却仍是干干净净的模样。

她又低头看了看自己黏黏腻腻的双手。

啧!

“徐璟，”她笑着喊他，“伸手过来。”

徐璟不明所以地抬眼看他，顿了顿，把手里吃完的西瓜皮装进垃圾袋，抽了两张纸擦了擦手，依言把手递过去。

周染奸诈一笑，然后一把将他的手抓过来，胡乱揉搓一顿。她手上的西瓜汁蹭了他一手，对上他一脸复杂的表情，她得逞地笑了，飞速地往后躲开。

见状，徐璟失笑，将手重新擦干净，从旁边拿了一瓶水。他抓住她的手腕，帮她冲干净手，又递了两张纸巾过去，笑她：“你幼不幼稚？”

周染直接冲他吐了吐舌头。

吃完东西，草草洗了把脸，徐璟把东西收拾干净，又检查了一遍周围的环境，两人准备休息。

帐篷很大，容纳两个人绰绰有余，关掉手电筒，周围陷入一片漆黑。

隐约听得到外边的细微虫鸣。

周染有点睡不着。

“怕？”徐璟逗她，“睡吧，狼来了也是先吃我。”

周染笑了笑，闭上眼睛。

过了很久，她还是忍不住开口：“徐璟？”

他侧过身应她：“嗯？”

“我们聊聊天好吗？”

“你想聊什么？”

周染侧身，转过头隔着黑暗对着他，迟疑了一下：“你当时……”

旁边静悄悄的，他等着她的下文。

“你当时和卫扬一起出国，”她问出心里一直惦记的事情，“为什么没有告诉我？”

许多年了，她为他找了无数个理由，却怎么都无法说服自己，一定要听他亲口说出来才算。

因为怎么样，也不至于不告而别。

徐璟顿了下，叹了口气，觉得那时候的自己有点好笑：“因为生气。”

“生气？”

“其实交换生是辅导员替我报的名，我对那个项目根本没有兴趣，也没有想过要去。但是，后来那段时间，你跟傅泽琪的传言太多了。”

“所以你就信了？”周染打断他，对他的盲信很不满意。

“没有。”徐璟应着，“只不过之后确实有很多次看见你和他一起吃饭，你送他礼物，你们撑一把伞……”

“我没有！”周染急着辩解，“吃饭是因为他说你一起，我去了才发现你根本没去，我也走了。还有，那些礼物原本也是要给你的，他当时跟你一起在外边租房子，他说可以帮我带给你，至于撑一把伞，是他强行从我这里拿的。”

“嗯。”徐璟笑了笑，摸摸她的脑袋，“可是染染，我喜欢你，追了你那么久，你一点都不肯松口。我偶尔，也会不自信。”

周染一愣：“会吗？”我以为只有我自己会这样。

她声音有些闷：“我不是不松口，我只是害怕，怕你只是一时兴起，而我真的去捅破这层纸之后，被你拒绝或者很快分手，以后就连朋友都没得做了。”

“我就不会怕吗？”他笑得有点无奈，“用力太轻，我怕你看不出来我在追你；用力过度，又怕你其实真的喜欢傅泽琪，那我在你眼里岂不是就成了十恶不赦的坏人。我走的前两天，本来计划在那次聚会之后好好跟你聊聊，把关系挑明，可是那天晚上，我跟着你出去的时候，看见你披着傅泽琪的衣服，被他牵着手带上了车。”

“所以你觉得我真的已经和他在一起了，然后就跟卫扬去了国外？”周染好像能明白了，急着解释，“其实不是，我那天被他灌了酒，喝多了……”

她醉酒后被傅泽琪带去酒店，还好撞上应酬结束的周曳，他二话不说直接把傅泽琪拖出去揍了一顿。回去以后，他又劈头盖脸把周染骂了个狗血淋头。从那之后，傅泽琪也再没敢出现在她跟前，直到前不久在医院偶遇。

“我知道，周曳跟我说了。”徐璟侧过身，伸手将缩在毯子里的人往身边带了些，“所以，我那天看到你和他在一起，才会一时情绪失控。”

徐璟接着说：“还有，不是我跟卫扬一起出国，我当时是被你的事情气到了，一时冲动才走的，根本不知道交换生名单上都有谁，到了那边的学校以后，我和卫扬才遇到，而且，她当时已经有男朋友了，两个人感情很好，没多久就结了婚。后来，林芒出生之前，她丈夫在执行任务的时候出了意外，不在了。我和于飞，都只是以朋友的身份帮她，而且染染，你觉得，我如果真的喜欢卫扬，或者跟她有什么，还会回国找你吗？”

周染“啊”了一声：“找我？”

“嗯，而且不止一次。”他有些自嘲地笑了笑，“我也就在你这儿能这么没出息。”

“我当时走之后没多久就后悔了，又觉得自己再回去纠缠太不道德，可后来还是没忍住，”他眯着眼睛，想了想，“我找过很多奇奇怪怪的借口回来，我记得那时候，我妈养过一只小猫，我走的第二个月，它生病了，我跟她视频的时候，她就是随口提了一下。”

“然后你该不会飞了十几个小时回来？就为了看一只猫？”周染瞪大眼睛。

“对啊，”他想到什么，侧过身敲了下她的脑袋，“可惜那只猫没良心，我连门都没进得去，就被人打发出来了。”

周染沉吟片刻：“陈礼吗？他是我哥的助理。那会儿我应该还没出院，我哥忙工作的时候，全靠他看管我。”

“嗯。”他摸了摸她的脑袋，“后来还回来过，看见你跟一个我从来没见过的男人去了婚纱店，那时候真的觉得，完了，比高考交白卷还绝望。”

他现在还开得出来玩笑，但周染听得鼻子一酸，她一直觉得自己付出满腔热情却没换到一丝回馈。徐璟走了之后，周曳怕她疯起来追去国外，没收了她的护照；她打电话被徐璟的女室友接到后，还不死心，也想办法去打听过他的事情，可得知的，都是他和卫扬双双出国过得多好多好的消息。

所以她一直以为，他过得很好，他已经不记得她。

她吸了吸气，往他怀里蹭：“你不都说了我这么没良心，哪有人敢要我嘛！你看见的那次，应该是我跟祝禾一起去的，什么男人，就是一小屁孩，祝禾心血来潮想提前试试婚纱过过瘾，她喊不动周曳，又觉得自己一个人去怪可怜的，喊了她表弟一起，她表弟当时也就十八九岁。”

“那谁知道你不会对人小孩子下手呢？”徐璟笑。

现在想来，人蠢起来还真是完全不带脑子的。

“那你怎么不打电话给我？”周染问他。

“打电话给你？”他反问，“听你说你要结婚了，再邀请我出席给你带个份子钱？周染，我做不到。”

那时候真的是钻牛角尖了，发了疯地想找她，又生怕听到关于她要结婚的消息。

“所以，你回来是因为我？”周染问。

“不然呢？”他很轻地笑了声，“哦，还有，一直忘了告诉你，其实我家的大门是可以远程开锁的。”

周染：“？”

她瞬间想到了她卡在狗洞里的那个晚上，也就是说，本来他可以直接开个锁，放她进去带走哈哈就好了，结果折腾她那么久，还下楼嘲笑她一番？

她刚想说话，徐璟笑着：“但那天我还是下楼了，你知道为什么吗？”

他说：“因为我看见楼下那个傻子了。”

周染：“……”

“所以，不顾道德和良心的谴责，决定对我这个大概率‘有夫之妇’下手？”

“深更半夜一个人出来追狗，把自己卡在狗洞里出不来都没人帮把手，”徐璟故意一本正经道，“这种人一看就没有男朋友。这种智商估计这辈子也嫁不出去，不如我做做慈善勉强收了你，也算造福社会了。”

周染瞪他。

“我说错了吗？”徐璟一脸无辜，“事实证明，你确实没有嫁出去啊。”

他笑了笑，想到卫扬天天跟个老母亲一样，一边嘲讽，一边帮他打探周染的情况，也不枉他这几年帮她照顾小芒果，以后再多请她吃顿饭。

不过周染很快又想到一个问题：“徐璟！你眼睁睁看着我卡到狗洞里，下来了为什么也不帮我！你这个人……”

“因为毕竟几年不见，我不确定你还记不记得我，”他笑，“没有办法让你一秒爱上我，但是让你一秒记恨我，很容易。至少得先加深下你对我的印象，才有机会进一步发展对不对？”

周染：“……”这是什么狗屁逻辑！

夜里安静一片，两个人有一搭没一搭地聊着，到最后，周染都已经困得开始打瞌睡，还在迷迷糊糊地讲话：“徐璟，你知不知道，被困在车里的时候我在想什么？”

徐璟想到周曳那天跟他讲的那场事故。

因为前期场地检查不到位，比赛中有赛车高速行驶中侧翻撞到周染的车，周染车辆失控侧翻撞上护栏，碎片四散，她被卡在栏杆和车体之间，其中一小块铁片直接从她脖颈插入，加上肋骨内脏和小腿都有不同程度损伤，抢救了八个小时她才侥幸捡回了一条命。

徐璟只觉心脏处一阵一阵扎得疼。

他抬手，摸到她后颈的位置，掌心下一条细长疤痕，他一收手臂将她带到怀里。

周染在他胸前蹭了蹭，声音里染着倦意："大家都说，人在临死前会看到自己最重要的人，可是很奇怪，生死关头我什么都没看到，第一个念头也不是'我能不能躲过这一劫'，而是如果我活下来了，折了胳膊断了腿又或者花了脸毁了容，怎么办。

"我还没有好好跟你在一起过。

"我在想，就算活下来了，哪怕你不介意，我这辈子也都不敢再和你在一起了，你那么优秀，身边总不能跟着一个有残缺的女孩子。

"可是一想到，要把你拱手让人，想到以后都不能再见你，"她打了个哈欠，无意识地抱着他，声音又低又软，带着点困倦的沙哑，"就觉得，每一天都好难熬啊。"

徐璟听着，一颗心又软又疼，低头轻轻在她额头亲了亲："对不起。"

怀中人已经迷迷糊糊地睡了过去。

LIANAI
QINGKONG
YIWANLI

/

小 妹 妹 ， 谈 个 恋 爱 吗 ？

01.

“所以，你们第一天下午三点出发，第二天三点才到？”

祝禾听了周染说回程那天的经历，简直惊呆了：“十二个小时哦大姐，就是走也走回来了好不好！你们年轻人真会玩，徐璟也真的是不要脸，就因为听见你打电话提到那谁，打翻了醋坛子，为了阻止你回来，连轮胎都摘了！”

“也不一定是这样！”周染想想又觉得不太好意思，摸了摸鼻子，“我盲猜的，毕竟前不着村后不着店，光天化日的，哪里真有小毛贼冒这险拆人车胎啊？”

“对啊。”祝禾撑着脑袋疯狂点头附和，忍不住再次啧啧地感叹，“徐璟真刚，追起妹子来，真不要脸。

“我敬他是条汉子！

“我要向他学习！发挥不要脸精神，将追求周曳作为人生终极目标，争取早日赢得胜利，抱得周大美人归！”

火锅店里人来人往，服务生刚上完菜要走，没忍住笑着多看了一眼。

祝禾也意识到自己反应有点大，吐了吐舌头。

“那你们现在，”她徒手捏了块小酥肉吃起来，声音含混不清，“就相当于已经差不多在一起了呗？”

“嗯，”周染撑着脑袋，想了一会儿，笑着，“差不多吧。”

“嘁！”祝禾看着她这副嘚瑟样，忍不住翻了个白眼，“这酸臭的恋爱味！”

下一秒，整个人无比沮丧地趴在桌子上，哀号：“我也想要恋爱的酸臭味啊！”

“怎么，周曳还没把你这个小妖怪给收了？”周染抢了她刚涮好的肥牛，笑嘻嘻，“你要不要贿赂我一下？我帮你？”

说到重点了。

祝禾嘿嘿一笑，立马狗腿地把肉都往周染碗里堆积：“给你给你都给你，来自小嫂子的宠爱！”

周染毫不客气地开吃。

“你哥不是快过生日了吗？”祝禾抽了两张纸，擦擦嘴，跟周染说起自己的大计划，“我打算到时候把他一举拿下！你到时候想办法把他给我弄过来？我确定好了把场地发给你？”

周染点点头：“又要告白？要是……又被拒绝了怎么办？”

“凉拌炒鸡蛋啊！”祝禾一副不怕死的样子，瘪了瘪嘴，“反正被拒绝也不是一两次了。

“反正我也算是看明白了，周曳就是个死傲娇。

“没关系，我还就跟他死磕上了，一次不行就两次，两次不行就三次，反正失败是成功他妈，他早晚会答应我的！”

周染一脸佩服地冲着她比了个大拇指。

“你要不要把徐璟也带上？”祝禾又开始怂恿她。

周染刚啃完一块玉米，漫不经心地说：“带他干吗？你是怕你到时候太顺利了吗？让我带徐璟过去，然后周曳抛下自己的美娇娘，冲过去跟徐璟互殴？表白现场变拳场，咱们俩捧着玫瑰在旁边大喊‘666’吗？”

祝禾：“……”

她慢吞吞地咽下嘴里的蔬菜，眼神闪躲着看向周染：“其实吧，周曳说，他下午要去医院看望徐璟的。”

周染手一抖，筷子都掉锅里了。她消化了好半天，艰难问道：“你再说一遍？”

祝禾“嘿嘿”一笑：“我这不是为了帮你缓和男朋友和哥哥之间的‘家庭矛盾’吗？”

“所以呢？”

“所以，我跟周曳说，你们去坨浮山的时候，遇上了村霸，徐璟为了救你被村霸暴打后丢到了山下，现在已经住院了。”

周染的表情肉眼可见地一点一点崩裂：“小禾苗，我有没有跟你说过，智障偶像剧看多了会影响智商？”

下午两点，某病房里。

“被暴打并跌落山崖以致重伤”的徐璟，被周染强行推到病床上，两个人对视一眼，双双露出几近崩溃的表情。

徐璟看了眼大小极不合身的病服，以及被绷带缠得跟个木乃伊似的小腿，嘴角僵硬：“周染，还没好吗？”

“马上马上！”周染把最后一圈绷带缠上去，长长地呼了一口气，站起来，上下打量他一番，“好了，等会儿我再去借个轮椅，拿条毯子，就齐全了。”

“所以我到底为什么要被村霸暴打并且丢到山崖下？”徐璟一脸绝望地瘫在床上，发出灵魂拷问，“而且，你确定暴打加坠崖还能活着回来吗？”

“老实说，我也觉得不能，”周染拉了把椅子坐下来，剥了根香蕉吃，“但是祝禾已经这么跟我哥说了，而且他说了他下午要过来，我们还有别的方法吗？”

“我——”

徐璟刚要说话，病房门被推开，周曳冷着张脸进来，扫了周染一眼，然后目光落到徐璟身上，冷笑：“还活着呢？”

祝禾从他屁股后边蹿出来，掐了下他的手心，他“嘶”了一声，侧过头看她。

祝禾没搭理，拎着只相当大的果篮和花递给周染，冲她挤挤眼："你哥特担心徐璟，一早上都没好好上班，饭都没吃就过来了。"

周染撞了她一下，示意：行了啊，太浮夸了。

"没事，"祝禾压低了声音，"就得这样，把周曳架上去，他不好意思否认，就不得不表现得关心徐璟一下，不信你看着。"

话音刚落。

一道重物撞击骨头的声音响起。

周染和祝禾同时回过头去看。

周曳正拿着根养生槌往徐璟小腿上敲，笑得满脸慈爱："我听说啊，这摔断了腿，是没有痛觉的，所以要多按摩，放松肌肉。"说着手上又是一阵用力。

徐璟一动不动地僵硬着保持微笑。

"哥！"

周染过去把养生槌从他手上抢下来，不满道："你干什么呢？"

"按摩啊！"周曳一脸无辜，说着又靠过去，相当用力地拍了下徐璟的背，"祝禾让我关心关心兄弟！"

徐璟之前的伤全在背上，他这一巴掌下去，周染都替徐璟疼，立马冲上去把周曳推到一边。

徐璟倒是笑了笑，看了她一眼，冲她摇了摇头，压低了声音："你不是说，你要是和我在一起，你哥得把我腿打断吗？让他打打出个气，以后就不为难你了。”

“行了，我没工夫跟你们玩这种过家家的小把戏！”周曳看了周染一眼，指了指她的脑子，嗤笑一声，“玩够了就早点收拾，爸妈说了，让这几天有时间了回去一趟！”

“谁玩了？”祝禾觉得还能抢救一下，“我不是跟你说了吗，是……”

“姑娘，你们用完病房没？”大妈敲门进来，环视一周，看向周染，“我儿子已经做完检查了，现在得回来病房休息，哦，对，病服也要还给我们哦，晚上护士还要过来查房的。”

祝禾和周染对视一眼：

“……”

完了。

周曳看了看身边这两人，冷呵一声：“周染，真把你哥当傻子呢？”

“那……那你还不是来了吗？”周染弱弱地过去帮徐璟拆绷带。

“我就是过来看看，”他嘲讽地扫了一眼徐璟，然后又戳了戳祝禾的脑袋，“你们三个人到底还能成个什么精。”

祝禾小声道：“早说嘛。”

周曳剜了她一眼，从包里拿出平板电脑，丢到徐璟怀里：“我们下个季度要推出新车型，今天过来是找你谈正事的，顺便看看你智商到底退化到什么地步了，呵，还真是没让我失望。”

“哥哥！”

周染自动忽略掉他的毒舌，直接抓住他话里的重点，眼神瞬间被点亮，抬头看着他：“你要跟我们公司合作了啊？考虑考虑下，这个项目交给我呗，我到时候请你吃大餐，怎么样？”

“就你？”周曳轻呵一声，指了指医院，“到时候再给我出个‘被暴打并跌落山崖以致重伤’这样的创意？”

祝禾“咳咳咳”，转头看天，装作一副“跟我没关系”的样子，默默加快了脚步。

02.

周家父母催周曳、周染回家一趟。

按照以往经验来看，十有八九是要安排相亲，周染倒还好说，上次有徐璟，周妈妈倒也稍微放下心来，这次最主要应该还是催周曳。

所以，祝禾决定把之前策划好的告白大计提前提上日程，并且升级了加强版本。

周染替她捏一把汗：“你这能行吗？”

“行也得行，不行也得行。”祝禾豁出去了，“我又不像你，有徐璟老老实实一等就是好几年，我再不动手，周曳回去相亲要是成了，我可就彻底没机会了。”

“行吧。”

周末傍晚。

周曳从环海市出差回来，周染提前给司机打了个电话，她自己去机场接周曳。怕周曳起疑心，还特意编了谎话，打算必要的时候要徐璟也配合帮个忙，然而周曳随便听听，懒得多问，他这几天忙着新市场的事情，大会小会攒了一堆，到处奔波，实在累得狠了，上了车连话都没说几句，倒头就睡。

直到车子停下，他被周染一巴掌拍醒，随便往外看了一眼，整个人都还有点没睡醒，原地放空了好半天，才缓过神来，定睛看了看四周，皱了皱眉，心里才忽然隐约有了点预感。

他侧过头看了眼周染：“你们别胡闹啊，不然我回去揍死你。”

周染笑了笑，一把将他从车上推下去，然后自己爬上车，锁了车门，冲他摆了摆手。

山顶的风有些大。

这里是几年前开出来的越野赛场，场地内有连续的驼峰、涉水、斜坡以及S弯道，看上去实在有些粗犷，如果不是赛道上那一整排被绑了粉红色彩条和蝴蝶结的车子，和满地的玫瑰还有电子蜡烛，实在看不太出来是适合求婚或者告白的地方。

周曳环视四周，低着头咳了两声，看上去还是一副冷冰冰的严肃样子，但是耳尖染了点可疑的绯红。

车灯瞬间全亮。

祝禾穿了件露肩小裙子，从车上下来，抱了把巨大的大红色玫瑰，弯着嘴角，装出一副“我气场两米八一点也不紧张”的样子，大步走过来，然后——

一把将玫瑰往周曳怀里一塞。

周曳被她这蹩脚又霸气的举动给逗笑了，瞥见她身后的巨型蛋糕，好像明白过来：“阵仗这么大？我生日还得几天呢。”

“哎，你别说话！”祝禾打断他，深呼吸平复紧张到颤抖的情绪，“你别说话啊，你让我酝酿一会儿。”

周曳笑了，乖乖听话没再出声，就这么定定看着她，眼波流转，内容模糊。

祝禾被他这么看着，越来越紧张，提前背好的台词全忘了，脸红到脖子根，索性破罐子破摔，直接把一直攥在手里的戒指递到他面前，强撑着气场：“我……我忘词了！但是这不重要，反正总结下来就一句话，你‘嫁’不‘嫁’我？”

周曳愣了，目光久久落在戒指上。

就在众人以为他要接过戒指的时候，他拍拍祝禾的脑袋，说：“小禾，别闹了。”

“周曳！”

祝禾的泪珠在眼眶里滚动，她努力仰头忍住不让它们落下来，唇瓣颤动：“我没闹，你觉得我是那种一时冲动就拿婚姻大事开玩笑的人吗？”

周曳动了动嘴唇。

“不好意思，我还真是！”她又笑了，“要真等不到你，我还真有可能随随便便就找个人嫁了，不过在这之前，我还是想努力一把，哪怕是绝望。周曳，我跟在你身后也好几年了，等不到你求婚，连告白的话都没有，我们的关系一直这么模模糊糊，所以今天我只能自己来了。”

“周曳，喜欢我就那么丢脸？”她用力低头，眼底蓄不住的泪珠笔直砸在地上，再抬起头，脸上干净眼神清澈，她一字一句，“明明一开始，是你先撩我的，就在这儿！”

周曳喉结微滚，不自然地别开了视线。

他从没忘记过他们认识之初——

那时候这里的越野赛场刚开，他陪赛车俱乐部的客户来这儿跑车，结果被旁边的车子一路超越，下场拿掉头盔，他发现从旁边车子上下来的竟然是个小姑娘，软萌软萌的一小只，看上去未成年似的，像个小吉祥物。

他鬼使神差地过去逗她，说了句什么来着？

他记不太清楚了。

好像是“小妹妹，谈个恋爱吗”。

反正，挺骚包又中二的。

也有点玩笑话在里边。

她倒是大大方方，抱着头盔弯着眼睛笑：

“好啊。”

……

后来也因为周染的关系，大家熟识起来，祝禾性子热烈，说追就追，他也没敢再讲玩笑话，一再拒绝。

她才二十出头，他已年近三十，他常年混迹在生意场，习惯了商场上的尔虞我诈，在她看不见的地方毒舌又阴狠，又常年在外四处奔波，连最基本的陪伴都没有办法保证。

他是个合格且成功的商人，但实在不是值得托付终身的人。

其实在之前也遇到过像祝禾这样的小姑娘，热烈又执着，年纪小觉得有情饮水饱，觉得只要喜欢就没什么克服不了的，但是后来，热情一日日被消磨，哭着跟他说“对不起”。

他不想跟祝禾最后也变成这个样子，小姑娘年轻不懂事，他不能跟着她胡闹，但到底无法看着她真诚善良的眼睛把话说得太狠，总想着她总有一天会想明白，遇到合适的人，放弃他。

这样也挺好的。

可是时间久了，他慢慢习惯了她小尾巴似的黏在身后，偶尔还会仗着他的纵容越界无理取闹。

然后，就变成了今天这个样子。

03.

祝禾举着戒指就这么站在他面前，他有些心软，半天才克制住伸手的冲动，吸了口气，耐心道：“小禾，你太小了……”

“可是你不小了啊！”祝禾打断了他的话，再也忍不住开始哭诉，“你再回去阿姨就要给你安排相亲了，周曳，我再等下去，你就要跟别的女人求婚了。”

周曳气笑了，帮她擦了擦眼角：“你听谁说的，谁说相亲了就要结婚？”

“我没逼着你跟我在一起，也没不让你娶别人，”她很硬气地甩开他的手，“可是你摸摸你的心，你敢说你不喜欢我吗？周染和徐璟的前车之鉴就在面前，明明相互喜欢，却因为乱七八糟的事情错过了这么多年，你就不怕吗？”

周曳内心溃败，只是看见她的眼泪他就几乎缴械投降，他明白自己胸腔内跳动的那颗心，里面装着谁，他忍不住靠近她，低头伸手，用指腹蹭了蹭她的眼角：“胡说八道什么呢？这么大人了，自己把自己说哭？嗯？就这么点出息？”

“我没有胡说，”祝禾梗着脖子，倔强又冷静，“我知道你在担心什么，你担心我跟以前那个女孩子一样，怕我半途而废，也怕耽误我，怕我把时间浪费在你身上错过嫁人的年龄，也怕我以后后悔。周曳，我都不怕，你怕什么？你怕耽误我，就娶了我啊，你们不是讲究大小生意都签合同吗？你跟我去领证不就好了吗？”

祝禾放狠话：“你要是一直这么拒绝我，我以后可能真的就要和别人在一起了。”

“祝禾……”

“我今年二十二周岁，我也不是没人追的，”她丝毫不留给他开口的机会，一口气说下去，“快一点的话，我可能年底就会恋爱，跟别的男人在一起，说不定是个老头子，可能比你还老，比你还丑，比你还忙。”

周曳有点无奈：“我跟……”

“顺利的话，过年就见家长，年后就订婚，明年春天就结婚，然后怀孕，再等下一年就生宝宝，到时候可能会请你参加婚礼，还有满月酒，对，以后我的小孩见了你，就喊叔叔……唔……”

她嘴唇被一股温热堵上，没说完的话全被堵进他的嘴里，所有之前强撑的气势在这一刻全化作了眼泪，她在亲吻中哭得不可自抑。

“你要什么我都同意，你别哭了。”

“砰——”

礼花筒被打开，各色彩带纷纷扬扬兜头落下，提前埋伏在周围的一帮人终于跳了出来，甚至不知道谁打开音响放起了《婚礼进行曲》。大家纷纷起哄：

“禾妹威武！”

“禾妹牛！”

“稳啊老板，恭喜您旗开得胜，将人拿下！”

……

祝禾难得地呈现害羞的一面，不满地叹息：“早知道这么顺利，就不喊他们来见证了，打扰我们！”

周曳牵住她的手，低头耳语：“还《婚礼进行曲》？真是胜券在握啊，就不怕我刚刚拒绝了，你在你这帮小伙伴面前丢脸？”

“我早就想好了，”祝禾现在心情大好，嘚瑟兮兮，“成了就放《婚礼进行曲》，不成，我就奏哀乐，纪念我死去的爱情。我还真没唬你，我在婚恋网上把信息都填好了，你要是还拒绝我了，我就把征婚消息发出去，随随便便找个人嫁了，成为你这辈子永远得不到的女人，让你就找个犄角旮旯后悔去吧。”

周曳：“……”

大家吵吵闹闹开始切蛋糕起哄。

周染默默地看着祝禾这一系列操作，忍不住替她捏了一把汗，又被秀了一脸。

“怎么样，小周周！”

酒过三巡，祝禾踉跄着步子笑嘻嘻地凑到周染身边，举着酒瓶子跟她碰了碰杯：“叫嫂子！”

周染笑着，乖巧道：“嫂子。”

“表现不错！”祝禾很是嘚瑟地拍了拍她的肩膀，然后递给她一块蛋糕，“给你的，水果最多的一块！”

周染接过来，笑着配合：“谢谢嫂子！”

“后不后悔没带徐璟过来？”祝禾问她，“虽然我今天这个方法有点冒险，过程有点曲折刺激，但结局总是好的，你今天要是把徐璟带过来了，趁着这个气氛，再沾点嫂子我的欧气，说不定就成了呢？”

周染笑笑，没说话。

祝禾现在心情特别好，丝毫不记得半个小时前心慌气尿的自己：“我跟你说啊，有时候吧，就是得玩一把大的！”一副过来人的语气，“别尿，冲上去就干！跟嫂子学着点，妹夫就到手了。”

她喝得脸颊通红，笑嘻嘻地鼓动周染，然后被周曳过来一把拖走了。

周染笑了笑，放下手里的酒。

不远处，一群人围着篝火说说笑笑，阿亮捧着最后半块蛋糕，正准备偷袭旁边的人。

远处是零零碎碎的万家灯火，温暖缥缈；风从四面八方涌过来，裹挟着远处的水汽，湿冷清新。

她低头，点开和徐璟的微信对话框，脑子里满是这几年来他们之间的各种误会。

冲动又莽撞的青春，浪费了多少时间啊！

但她又觉得庆幸，兜兜转转这么久，还是他。

她克制不住内心澎湃的情绪，冲动地按着屏幕上的小喇叭：“徐璟，我真的，好喜欢你。”

还是好喜欢好喜欢你啊！

徐璟很快发来语音电话，周染笑笑，点了接听，放在耳边。

“喜欢你，我也是。”他的嗓音低沉沙哑，带着淡淡的笑意，跟周染身后的声音重合，“一直都很喜欢。”

她本能地回头，迎面对上一捧巨大的玫瑰，再往上，是他噙着笑意的双眼。

她又惊又喜，情绪刺激下跳起来拥抱他，连问：“你怎么来了？你怎么知道？”

徐璟拥着她，满足地笑：“来接女朋友回家呀。”

·第十一章·

/

他一点点攥紧身边人，再也不会松手了

01.

周曳生日前一天，兄妹俩还是扛不住老妈的连环夺命催，一起磨磨叽叽回了老家。

老周年轻时白手起家，大概也是那几年实在辛苦，身体透支严重，所以后来公司步入正轨以后就交到儿子手上，自己早早过上了逗鸟遛狗带老婆玩的潇洒退休生活，也正因为闲了，成日里才有了那么多替他们操心婚事的心思。

此刻，老周夫妇俩正在厨房研究新菜式，油烟四起，家里跟被丢了颗烟幕弹似的。

兄妹俩走到门口，双双掩鼻，无奈对视。

周曳：我有女朋友了我不怕！

周染：我有男朋友了我不怕！

周曳：呵呵，我回去打断徐璟的腿！

周染：呵呵，我回去让祝禾甩了你！

眼神交流完毕，然后各自递给对方一个鄙视的眼神，最后——

坦不坦白？

不！

两人达成一致，一人一边推开大门，笑得一个比一个虚伪。

“老周你厨艺又进步了啊？”周曳拎了两瓶陈年佳酿，强撑着没咳出来，“这厨艺，老周你要是出去开饭店，肯定能迎来事业第二春，方圆千里的餐饮业都没活路了！”

“那可不？”老周很受用，挥着只大铲子，乐得跟朵太阳花似的，“别看你爸我上了年龄，我跟你说啊，我会的宝藏还多着呢！”

“我妈肯定也帮忙了对不对？”周染不甘落后，把市场上最新推出的护肤品递到母上大人手里，脸不红心不跳地进行花式吹捧彩虹屁，“我隔好远就闻到香味了，你们也太棒了吧！简直就是当代神雕侠侣，双剑合璧，珠联璧合……”

“差不多行了啊。”周妈妈笑着白了她一眼，从花盆里拔了两根小葱送到厨房去，“就你那语文水平，可别为难你自己了！对了，你跟小璟怎么样了？看什么时候能定下来？提前跟我们说一声，我跟你爸好好准备一下，跟人家家里人也碰个面什么的……”

“妈！”周染头大，“我进门还没两分钟呢你就又问这个！”

“就是！”周爸爸从厨房里探头出来，“老婆，孩子好不容易回来一趟，你先别问这个了。”

周染刚想说一句“老爸威武”，就听到他又接了一句：“要问也先等他们进来休息两分钟了再问。”

周染：“……”

OK，当我没说。

周曳也没好到哪里去，周妈妈前一秒放过周染，后一秒就拉着他去看照片了，说是给他打听了几个叔叔伯伯家的女儿，想安排他这两天去见一面。

好不容易吃完饭，送走爸妈出去遛弯儿，兄妹两人才松了一口气下来。

两个人瘫在沙发上，周曳踹了踹周染：“你不是回收了个人渣吗？怎么没敢跟妈老实交代说你们已经在一起了？怕老周知道自己女儿是个垃圾回收场以后打死你？”

“你才是垃圾回收场，你全家……”周染没好气地回击，说到一半又觉得不对，及时改口，“你媳妇儿也是垃圾回收场！再说了，你不也没交代！还敢答应去相亲，哟！也不怕回去被小禾苗打断腿！”

“我是糊弄妈呢，怎么可能真的去！”

“我不听解释！”

话音刚落，桌上的手机振动起来，周曳比她先爬起来，瞄了一眼，要笑不笑：“哟，垃圾来了，垃圾回收场要急了。”

周染剜了他一眼："你这是赤裸裸的嫉妒，小禾苗已经有十二个小时没找你了，说不定人家不想要你这个老男人了！"

周曳脸色一沉，盯着她的手机，威胁道："你接一个试试？我立马告诉爸妈去！"

"去啊去啊！"周染完全不怵他，扮了个鬼脸，"你要是敢说，我也去跟爸妈揭发你，还要回去告诉小禾苗你要去相亲！"说完，冲他吐了吐舌头，拿起手机就往房间跑。

"周染！"

刚走出去没两步，还没来得及按接听键，周曳突然喊住她："真想好了？"

周染顿了顿，转身，认认真真地点头："嗯。"她吸了口气，放软了音调，"哥。我真的，喜欢他。你知道的。"

周曳看着她没说话，好长时间以后，才从沙发上起身，长长地叹了口气，摸了根烟咬在嘴里，往外走："以后要是再被欺负了，别找我哭鼻子。"

周染怔了下，随后反应过来，高兴地冲着他的背影抛了个飞吻，喊："哥！我爱你！我永远跟你天下无敌宇宙超级第一好！"

周曳没回头，低声笑骂："出息！"

"怎么才接？"

刚接通视频，徐璟就开始连环拷问："这才回去几天，就在外边有狗了？是不是刚刚在酝酿要找个什么借口敷衍一下我？追到手了就没有新鲜感了想抛弃我？”

周染：“……”大哥，可以了，这戏加得有点过头了啊！

不过她还是很开心地把周曳的态度跟徐璟讲了。

这一点其实徐璟倒不怎么意外，毕竟在超跑嘉年华那次，周曳跟他讲那么多周染以前的事情的时候，他那几拳也不是白挨的，拳拳到肉，之后好几天都不太能吃得下东西。

更重要的是，认识那几年，他也清楚周曳这个人，嘴巴毒，但是心思通透，对周染又是各种宠，所以倒不至于真的刻意去为难他们。

末了，周染又把回家跟老周他们的那些事情跟他讲了一遍，最后下结论：“我觉得我爸妈就是闲得太无聊了，才整天操心这些事情。”

徐璟低头处理文件，又看一眼视频，笑了笑：“我就这么见不得人？”

“哪能啊！”周染盘腿坐在床上，拆了盒酸奶，嘀咕道，“他们知道了就要催婚……”

说到一半，又觉得有点不对，她的脸一红：“哎，徐璟你别误会啊，我就只是字面意思，我是说我爸妈这么想，我没有任何暗示，我保证，绝对没有要催你结婚啊，我就是……”

“嗯，我知道。”

周染松了口气：“知道就好，知道就好。”

“知道你是等不及想嫁给我。”

周染：“！！！”哎，不是，你这个人！

“没关系，你不用不好意思承认，大家都这么熟了是不是？”徐璟笑，故意道，“阿姨和叔叔要是问起来了，你就如实相告，只要他们同意，我随时都可以上门提亲，反正也是早晚的事。”

“根本不是这个问题，”周染扶额，“你不知道我爸妈那个人，他们真的就是闲得无聊，你以为催完婚就完了吗？不然周曳已经有祝禾了，为什么还不敢跟他们坦白？就是因为，他们催完婚，还会催生小孩，生完小孩催二胎，没完没了的……”

徐璟放下杯子，看着她一脸懊恼的样子，觉得好笑，等她说完了，才不急不缓接道：“其实我觉得叔叔阿姨的想法也没有什么错啊。染染，你不觉得我们已经浪费了这么几年，现在也是时候拉拉进度条了吗？”

周染：“？！”

“起点落在别人后边了，”徐璟笑，继续逗她，“弯道总该超个车，对吧？”

对什么对？

周染老脸一红，直接挂断了视频。

“嘟”的一声，屏幕黑掉。

徐璟笑了笑，把手机放到旁边，想了想，又拿起来，打开那个被他屏蔽了八百年的微信群，噼里啪啦敲下一行字。

三秒钟之后，群里炸了！

【于飞：婚礼？】

【于飞：啊呸！盗号狗，快把账号还给我们老徐，别想骗我！璟哥追妹子追了七八十年了都没追到手，问不出婚礼要提前准备什么这种问题的！】

【顾乘至：进度太快，不符合科学常理，也有可能被什么奇奇怪怪的东西附体了。】

【叶南生：不是，看看你们这出息的样儿！我琰哥，曾经站在冰箱顶上的男人，都能成为系粉红兜兜给媳妇儿做鱼汤的狗腿子！此处@琰哥！人徐璟就是闪个婚怎么了？没见识！】

【乔柏：你们都太闲了吗？】

【俞郅琰：我要去接媳妇儿下班了，再艾特我就让楼上把你们都抓走。】

【叶南生：呵，男人！】

【段忱宵：吵死了！】

【段忱宵：身份证、户口本、绳子，实在不行再来个麻袋，打包拖去民政局，完事儿！】

【叶南生：哎哟，暴躁哥很社会嘛！要不是我昨儿看见你一个大男人，哼哼唧唧挂人小姑娘身上，我还真差点儿就信了你这个糟老头子了！看不出来哦！】

……

话题彻底被带偏，徐璟看着叽叽喳喳的群消息，默默扶额。

早就应该想到的，就不该问这帮人。

02.

周染在家没待几天，应付完爸妈，立马就拖着行李箱往回赶。

徐璟去接她。

于是，在祝禾的各种鼓动和洗脑下，周染为了“多日未见”的男朋友，特意去重新做了头发、化了全妆，又挑挑拣拣换了件及膝连衣裙，踩了双高跟。

不得不承认，比平时精致了不少。

周曳一路上都在冷嘲热讽：

“脸化得跟妖怪似的！”

“矮子就是矮子，踩高跷也改变不了你是个矮子的事实！”

“这都几月份了，也不怕冻死！”

……

说是这么说，下车的时候他还是从后座上拿了件外套强行给她披上。周染“嘿嘿”一笑，黏黏糊糊地抱了他一把：“老哥最帅！”

“呵！在徐璟面前也敢这么说吗？”周曳毫不领情地白了她一眼。

“怎么不敢？”周染拍马屁，“我们老周家的男人宇宙无敌！”

周曳嘴角弧度明显有些绷不住了，但还是一脸嫌弃地把她往外推：“差不多可以了啊，四舍五入我也是有家室的人，矜持点我告诉你，别动不动就往我身上贴！”

“知道了，知道了！”周染嘴上应着，眼睛却已经飞到马路对面的人身上，喜悦不由自主爬上脸颊。

徐璟走过来，冲周曳点了点头打招呼，从他手里接过周染的行李箱，转身很自然地牵起她的手，低头的时候，整个人都像散发着柔光：“饿不饿？先去吃饭还是回家？”

周染想了想：“还是先回去吧，把东西一放再出来吃饭，正好玩一天，反正你今天不用上班，怎么样？”

徐璟点头：“好。”

“那我们先走了啊哥！”周染回头冲周曳挥手，脸上的笑容灿烂如霞，“多谢老哥！拜拜！”

“快滚，快滚！”周曳装作不耐烦地粗暴挥手，转身上车，热了眼眶。

半晌。

隔着车窗玻璃看前边牵手过马路的两人，阳光落在周染身上，映出一圈毛茸茸的光晕，她身边的男人身材高大，转过身低头跟她说话的时候，眉眼里盛着满满当当的笑意和温柔。

他眼眶热了又热，终于低头发动汽车，蓦地笑了。

因为哈哈放在徐璟那边，所以周染也直接跟着回了他那里，放好行李之后，又去跟小狗崽玩了一小会儿。

临出门，她才钻进卫生间，照镜子的时候，忽然意识到今天也是特意打扮过的，想了想，又补了个妆，然后才去玄关处换鞋，她懒得弯腰，直接站着单脚踩上高跟鞋。

徐璟站在她身后，看她重心不稳的样子有几分心惊胆战，垂眸往她脚上扫了一眼，忍不住提醒道："不是说要玩一天？穿这鞋，你撑得住？"

细细的精致小高跟，确实漂亮，但要穿着它走一天，也是需要勇气。

"你小看谁呢？"周染其实也挺打鼓，但习惯性本能地和徐璟作对，于是气势十足地放大话，"我踩八厘米的细高跟跑马拉松都不在话下。"

徐璟笑了笑，见她明显已经打定了主意，也没再劝她，想着实在不行待会儿临时买双鞋也成，于是伸手去拿在她身后墙壁上的外套。

周染正低着头扣鞋扣，一抬头突然对上他压过来的下巴，怔了下，心里一紧像想到什么，下意识地闭上了眼睛。

徐璟拿着外套，见她一脸视死如归的表情，没忍住笑了。

"你该不会，"他一挑眉，扬了扬手里的衣服，"以为我要亲你吧？"

周染后知后觉睁开眼睛，瞥到他手里的外套，又看到他眼底的促狭，羞赧之余隐约也有点失落，更多的是觉得丢脸。她红着脸梗着脖子硬气道："你想得倒还挺美！"说完推了他一把，起身就往外走。

手腕却被人从身后拽住，她重心不稳又跌退回来，撞上一具坚硬温暖的胸膛。

四目相对。

她脸上一热，率先偏过头错开视线，徐璟另一只手钩着她的下巴，将她脸转过来正对着自己，笑："跑什么？"

"谁跑了？"她耳尖烫得厉害，没敢看他，"天太热了，你离我远——"

嘴角一热，她微微瞪大了眼睛，随后又赶紧闭上眼。

徐璟打量着她那生涩的表情，忍不住笑，低声道："你知道傅泽琪的事情教会了我什么吗？"

没头没脑的一句话。

周染迷蒙着睁眼："什么？"

他微微垂眸，指腹在她嘴角摩挲："教会我，在追女孩子这件事情上，绝对不能表现得太君子，就得厚着点脸皮。"

她微微一怔，还没来得及想明白，温软的唇瓣落下来。

她脑子"嗡"的一声，彻底丧失了思考的能力，混乱中只听见自己越发剧烈的心跳声。她下意识地攥紧他的衣角，再次闭上了眼睛。

03.

周染踩着高跟逛街，才到商场她就后悔了。

这时候他们在新城广场，音乐喷泉乍起，周围聚拢了不少人，热闹不已。

周染已经撑不住了，慢悠悠地跟在徐璟身后晃。

她还想吃顺城街那边的手工糖呢，可是现在想想，还要再逛几个小时，就觉得生无可恋。

她总算能体会到童话故事里，小人鱼把尾巴换成腿之后，每一步都像走在刀尖上的感觉了。

而她，除了脚疼以外，还觉得脸疼。

早知道，在徐璟面前放什么大话啊？什么细高跟跑马拉松，这操作简直反人类好吧？

但毕竟是自己说的话，她现在也实在不好意思自己主动打脸。

徐璟留意到她越来越慢的脚步，悄悄弯了弯嘴角，也没说话，找到一条长椅的时候，自己过去坐下弯腰去解鞋带。

周染简直像看到了救星，扑过去坐在他身边，总算缓了口气，然后一动不动地盯着他松鞋带的动作，眼睛里亮晶晶的。

要脱下来给我穿吗？

嘤嘤嘤……太感人了！

我知道错了！我以后再也不放大话！再也不臭美了！我记住教训了！

她在心里脑补了一大堆，感动之余，又想着，等会儿她肯定不会穿他的鞋子的，自己作的死，不能到头来让他光着脚丫子走回去啊。

她脑补得不亦乐乎。

然而，她回过神来，并没有等到递过来的鞋子，他只是把鞋带重新绑了一遍。

徐璟将她的小表情尽收眼底，装作若无其事地转过头："我鞋带绑好了，这鞋子穿着挺舒服的，我们继续走？"

周染嘴角一抽，默默地一个个戳破自己刚刚脑补的各种画面……

果然童话里都是骗人的。

周染死都不肯走了，坐在椅子上玩手机装死，很不爽地发了条部分好友可见的朋友圈发泄自己的不满——

"跟男朋友逛街，穿高跟鞋累得半死，好不容易等他跟我在长椅上坐下了，看他低头去松鞋带儿，还以为他要把鞋脱下来给我穿，结果他只是重新绑了下鞋带，说运动鞋穿着真舒服。[微笑]。"

下边很快有一长串评论：

"请问是走流程还是直接笑？对不起我实在忍不住了先笑为敬，哈哈哈哈哈哈哈哈哈哈哈！"

"血的教训，以后千万别逞能作死。"

"这种男朋友还不分手打算留着过清明节吗？"

“没想到徐总竟然是这种人！”

……

周染刷着评论，一抬头，就看见徐璟不知道什么时候已经站在她面前了，手里还拎着双不知打哪儿来的粉拖鞋。

周染喜出望外，简直想冲过去抱住他猛亲一口。

徐璟拎着鞋往后扬了扬，板着脸跟教训小学生似的：“以后还穿高跟鞋出来吗？”

“不了，不了！”周染忙不迭摇头，无比乖巧，“坚决不逞能，坚决不作死，一切听从组织命令。”

徐璟弯腰将鞋子放到她脚边上，转过身蹲下：“上来。”

三分钟后。

周染美滋滋地穿着拖鞋，统一回复朋友圈评论：

“哦，刚刚没说完，现在补充一下，他虽然没把鞋脱下来给我穿，但是他去旁边给我重新买了双拖鞋，我现在在他背上趴着了哦。[星星眼]”

下边立马一连串的柠檬成了精：

“分手台词都帮你想好了，你就给我看这个？”

“周染姐，我就问一句，酸死我对你有什么好处吗？”

……

04.

临近年末的时候，段文沁之前提过的同学聚会还是办了起来，班长给每个人都发了邀请通知。周染原本没想参加，抵不过段文沁的软磨硬泡，加上卫扬也喊了她，最后还是去了，想着徐璟忙着出差，就没喊他一起。

她和卫扬因为开会耽误了点时间，过去的时候，大家差不多都已经到齐了。

古风古色的餐厅包厢里坐了一屋子人，见卫扬和周染进去，都纷纷笑着打招呼寒暄。

多年不见，大家都变了不少。

以前不怎么爱说话的，步入社会在各种推杯换盏中反倒变成了话痨，几杯酒下肚，随便抓着身边人就能唠叨半天；而当年吸引了不少女孩子的校霸哥，结了婚之后被照顾得白白胖胖，牵着两个小奶娃笑得一脸慈爱，丝毫看不到校霸的半分样子……

卫扬在桌子底下戳了戳周染，凑在她耳边："看见没？等以后结婚了，让你们家徐璟少吃点！不然要不了两年就变油腻大叔！"

"徐璟知道你这么说他吗？"周染笑着，顺口问，"你今天怎么没带小芒果？"

卫扬抿了口果汁，漫不经心地说："闹着跟于飞出去玩了。"

校霸抱起自家的小姑娘，打趣："这么喜欢小孩子，早早生一个呗！哎，说起来，周染我记得你跟那谁不是在一起好多年了吗？就……"

话音未落，包厢门被推开，段文沁带着人进来，双手合十，一脸歉意："不好意思，不好意思，路上堵车，迟到了。"

"嗨，没事没事！"大家起身迎她，打趣，"学霸嘛，忙一点也是应该的！"

有人眼尖瞥到她身后的人，调侃："这是带家属了吗？"

"傅医生，"她笑笑，也没直接否认，大大方方介绍道，"大家应该差不多都认识，以前经常来我们班的，我爸爸在他们医院，他挺照顾的，今天听说我过来参加同学聚会，就顺路送我过来。"

傅泽琪冲众人点头打招呼，一张未被时间磨砺的脸看着依旧俊秀年轻，加上他竟然还能叫出几个当年认识的人名，很快赚了一波好感。

"对对对，我想起来了！"有人一拍脑门儿，"傅泽琪！对吧对吧？哎，你当年不是跟周染一对的吗？"

这话一出，段文沁的脸色明显一僵，下意识地看了眼身边的傅泽琪。

刚刚说话的那个人也似乎意识到不太对劲儿，后知后觉地捂上了自己的嘴。

大家纷纷扭头看向周染，周染冷着脸沉默以对。

"我们关系一直不错，"傅泽琪抢先开口，露出一脸颇为无奈又纵容的浅笑，"不过，前两天发生了点小矛盾，她现在还在气头上，不要我了，所以没办法，我只能再追一次。"

他话说得巧妙，没承认两个人在一起也没有否认，言语之中，分明透露着两人关系确实不一般的信息，而且接下来不管周染再说什么，都更像是情侣吵架后气头上的赌气话。

果不然，大家看看无奈宠溺的傅泽琪，再看看冷若冰霜的周染都是一脸意味深长的笑，刚刚还凝滞的气氛很快又松懈下来。

活久见。

连卫扬都差点儿为这人的厚脸皮鼓掌了。

周染只觉得跟生吞了苍蝇似的，多看他一眼都犯恶心。她压根不想跟这个人有一丝一毫的联系，也不想一出口就落入他的语言陷阱，于是在肚中反复斟酌要说的话。

这时有人试图做和事佬，拍拍傅泽琪的肩膀，一脸“懂你”的表情：“男子汉大丈夫，女朋友生气了认个错呗，好不容易追到手的姑娘，怎么着都在一起这么多年了，别欺负人家！”

傅泽琪也没否认，委屈地看了眼周染，颇有些无奈：“对啊，染染，你别——”

“果然学习不好连进行时和完成时都分不清楚吗？”

一道清冷的声音将傅泽琪的话打断，随着话音落地，包厢门被推开，徐璟就那么出现在门口，语带嘲讽冲着傅泽琪：“怎么什么话都敢认？”

他身上的西装还没来得及换下来，外套搭在手臂上，衬衫松开了两颗扣子，袖子被挽到小臂处，白衣黑裤，越发衬得人身形笔挺，气质出众。

“徐璟？”

有人很快认出来人，从前跟他关系不错的同学也迎过去："还以为你今天不来呢！"

"怎么会？"徐璟跟他们打了招呼，笑了笑，然后侧过头瞥了眼傅泽琪，眼底是毫不掩饰的嘲讽，"毕竟有人觊觎我女朋友也不是一天两天了。"

他这么一说，大家才又想到他进门接的那句话。刚刚扮和事佬的那位也是一怔，看看傅泽琪，又看看周染，迟疑道："我是不是误会什么了？"

徐璟冷笑着看向傅泽琪："你说呢？"

傅泽琪的脸色有点难看。

"好不容易追到手的姑娘？在一起这么多年？"徐璟低头轻哂，"总使离间计，一直被拒绝，傅先生，你这追求有点不择手段又厚脸皮呀！"

他绕过人群去牵周染，很自然地俯身在她脸上亲了一下，扬了扬嘴角，转过头笑得一脸欠揍，再次看向傅泽琪："这才叫追到了。"

周染这才反应过来，耳尖后知后觉染上一层粉红，还没说话，就感觉到手指一阵冰冰凉凉的触感，被套上了什么东西。

他笑着俯身看她，声音不大不小，正好被大家都听见："你早上洗澡把戒指落洗手台上了。"

周染下意识地低头，看见一枚晶亮的素戒，诧异了一瞬，抬头对上他眼底略带狡黠的笑意。

她脸上一热，也没戳穿，顺势反手握住他的手。

两个人十指相扣，事态一目了然。

以前听信过傅泽琪的说法，以为他真的跟周染在一起的同学，也后知后觉明白过来，低声议论：

“人家妹子没跟他在一起过啊？”

“这也太无耻了，他刚刚还默认两个人在一起的事呢！”

……

校霸还是当年那个直肠子，听完理清楚头绪，没压住自己的暴脾气，桌子一拍，肚子上的肉都震了震：“兄弟，这事你做得可就有点不厚道了啊！大老爷们儿的，有啥是啥，拿得起放得下，你怎么还玩死缠烂打这一套呢？没追到就没追到，打肿脸充胖子可还行？你一口一个染染叫着，老子当初还真以为你拿下了我们班妹子，拿你当妹夫看呢！搞了半天你单方面自嗨？骚扰我们班兄弟媳妇儿，整我们班女同学？玩谁呢你！”

“傅医生。”徐璟抬头，笑意不变，语气淡淡的，“骚扰别人的未婚妻可不是什么道德行为，再有下次，我难保不会走法律途径，我相信，到时候，也没有任何一家医院会愿意聘用官司缠身的医生。”

傅泽琪脸上白一阵红一阵。

站在他身边的段文沁见状环视一周，最后侧过头不可置信地看着他：“你不是说……”

他剜了她一眼，扭头就走。

段文沁紧跟着追了出去。

这段小插曲结束后，整场聚会倒也还算顺利。

几年不见，大家各自都有了自己的事业和家庭，坐在一起聊聊以前的学生时代，打趣打趣各自的改变，难得放松下来，说的大多是一些轻松话题。

直到临走的时候，扯得上关系的，相互之间留了名片，才随口多聊了几句工作。

整体来说，还算和谐，倒也没有传闻里同学聚会上，大家相互攀比，明争暗斗那些浮夸的事情。

从餐厅出来，卫扬看到两人牵着的手，露出一脸姨母笑，草草道了个别，很有眼力见儿地撤退了。

周染跟她打了招呼告别，然后跟着徐璟往外走。

临近年关，街道上已经是一派节日气氛，各大超市争相播放促销信息，小孩子三五成群在路边追逐打闹，一片热闹。

两个人一前一后地走着。

“徐璟，”周染忽然想到什么，回头看了他一眼，“你不是说今天出差吗？”

“对，”徐璟点点头，“不过我办事效率高，就赶着回来宣示主权。”

路边上有小孩嬉闹瞎跑，徐璟眼疾手快拉了她一把，赤裸裸道：“不然，你以为我真的无聊到过来吃个饭，然后跟大家相互交换名片的吗？”

OK，OK！

过了会儿，她想了想，还是觉得不对劲。

“哎，”她低头看了眼自己手指上的戒指，耳尖稍稍一红，把手递过去，故意道，“你的道具，还你！”

手被人一把抓住，徐璟将她整只手圈起来、握住，眼底的笑意愈深：“半个小时前你当面签收的，周小姐，本店小本生意，一经签收，概不退货。”

“那你这不是赚大了吗？”周染反握住他的手，笑着，“一枚戒指，赚了个仙女！”

“嗯，是挺赚的，”他沉吟半晌，牵着嘴角，“不过你也不亏，我不也赔给你一个男朋友了吗？”

“呃，”周染一副勉为其难的样子，点了点头，笑，“行吧！”

沉沉的暮色里，街景一点点后退，两个人牵着手慢慢往前走着，越过嘈杂的人群，穿过横亘的旧街道，仿佛一闭眼，就看得见无数个以后的日子。

前路漫漫。

他一点点攥紧身边人。

再也不会松手了。

第十二章

LIANAI
QINGKONG
YIWANLI

/

我真的栽她手上了

01.

时间过得飞快，年前最后一周工作收尾，终于等来了年假。

周染过了几天吃吃喝喝睡懒觉的日子，简直觉得人生达到了巅峰。

除夕这天一大早，她还睡得迷迷糊糊，就接到祝禾的电话："小周周，十万火急。"

隔着电话，周染都要被她的大嗓门儿震聋，她揉揉眼睛，翻了个身，声音含混不清："你被狗咬了？"

"不是。"祝禾抿了抿唇，犹豫了一下，声音突然小下来，"染染，我怀孕了。"

周染一时没反应过来，张着嘴"啊"了一声。

"我说，我怀孕了。"祝禾又重复了一遍。

她回过神来，有点小激动："好事啊。"

侧过头看见徐璟正从门口进来，她仰着脖子喊：“徐璟，我要当姑姑了！”

“嗯，”他把水放到床头，“知道了，你还不起床吗？”

“你怎么都不激动？”她顺势抓着他的手坐起来，问道。

“激动什么？”徐璟压了压她头上的呆毛，故意道，“又不是我要当爸爸。”

周染老脸一红：“……”

OK，当我没说。

电话那边，祝禾听到，低低地笑了两声。

“染染，”她看了眼母婴店里一边疯狂扫货，一边认真听店员科普孕期知识的周曳，转过身往外边走了几步，低了低头，声音轻轻的，“我现在感觉有点不真实。”

“怎么啦？”周染也听出她语气不太对劲儿，想了想，“周曳跟你说什么了？说他现在还不想要小孩？要忙工作？哎，你别信他，他这人就……”

“不是，”祝禾打断她，“他说，今晚带我回你爸妈那儿吃饭，我家里那边他也都会搞定，然后等过完年去领证，等天暖和一点再办婚礼，我要是有别的什么想法，也都可以。”

“这不是挺好的吗？”周染就不明白了，“怎么啦？你放心，虽然我一直吐槽周曳，但是小禾苗，讲真的，他其实很好，而且，他肯定说到做到，你有什么想法，放心跟他说，他要是不同意，我帮你收拾他！”

“我知道。”祝禾弯着嘴角，往店里看了一眼，周曳还在认真记着什么东西，见她回头，冲她笑了笑，“但是染染，我有点怕……”

她知道，周曳目前的人生计划里根本没有过结婚、生小孩这两项，就连当初两个人在一起，都是她死缠烂打倒追而来。

现在突然意外多了这么个小生命，无疑是她打乱了他的规划。

结婚生子见家长，成为一个合格的父亲。

他都可以做到。

可是，她有点怕这场婚姻是因为她怀孕，出于责任。

话一出口，周染就懂了。

“想什么呢你！傻不傻？”她有点哭笑不得，“人家说孕妇情绪会不稳定，还真是这样！行啦，别想那些有的没的，等着啊，我过会儿去找你，顺便看看我的小侄子！”

祝禾轻轻吐了口气，也觉得自己有点魔怔了：

“好。”

挂断电话。

周染去卫生间洗漱完，又帮徐璟一起弄好了早餐。吃饭的时候，她想到祝禾的顾虑，喝了口粥，还是没忍住：“徐璟，我问你一个问题啊！”

“你问。”

“你们男人，会不会只因为责任去结婚？”

徐璟把刚剥好的鸡蛋放到她面前的小盘子里，头也没抬：“会。”

“真会啊？”她咬了口鸡蛋，若有所思，试探道，“那，你觉得周曳会吗？”

“周曳要跟祝禾结婚了？”他看她这副欲言又止的样子，有点好笑，猜道，“所以，你被祝禾传染了，也觉得周曳是因为她怀孕，所以才打算娶她？”

这么快就被戳穿，周染觉得这么想周曳实在有点不太好，她摸了摸鼻子：“没有，我这不是就随便问问吗？这不是，怕祝禾一个孕妇，成天胡思乱想的不好？”

“快吃饭吧！”徐璟敲了敲她的碗，“不是说要去找祝禾？”

“嗯？”

“吃完了我跟你一起过去，我去找周曳聊聊？”

“啊？”周染眼睛一亮，凑过去在他脸上“吧唧”一口，“徐璟你真是太好了！”

徐璟笑，装作很嫌弃的样子：“你擦嘴没？”

她不说话了，低头大口大口喝粥。

中午，周染和徐璟一起去了周曳那边。

到了之后，周染才知道为什么祝禾会有不真实的感觉了。

平日里毒舌苛刻、叱咤商场的魔王周曳，刚指挥工作人员安装完婴儿床，这会儿手里还抱了只跟他气场极其不相符的粉红色独角兽，脚下堆了一堆母婴用品。

乍一看，不知道的还以为他打算改行做代购了。

倒是祝禾被安顿得妥妥当当，捧着杯牛奶坐在沙发上，面前的茶几上零零碎碎放了一堆水果，就差身后再站两人扇扇子，活脱脱就是当代小太后了。

周染偷笑，早上被祝禾传染的那点小心思也立马消散得一干二净，能让周曳亲自做到这个地步，什么只是出于责任，可骗鬼去吧！

她换了鞋进去，一屁股坐祝禾身边，捏了块小饼干塞嘴里，故意调侃："哟呵，周总您这是打算拓展业务啊？"

周曳心情正好，才懒得跟她斗嘴："爸妈说让你今天晚上早点儿回去。"

"我不！"周染又挑挑拣拣，剥了颗小核桃，递到徐璟嘴边，"别以为我不知道你那点小心思啊，你就是怕自己回去，被老周揍死！你别想让我这么早回去帮你扛着啊！"

周曳被气笑了："行，有本事你别回去！"

祝禾冲她悄悄指了指徐璟，周染装没看见，清了清嗓子，有点心虚，又嘴硬："反正，我和徐璟又不急这一时……"

"你问问徐璟急不急？"周曳轻哂。

徐璟看向周染，眼底有笑意，后者很心虚地移开视线，转过头去跟祝禾搭话，转移话题："欸，你现在什么感觉啊？我跟你说……”

“周小染，你也就这么点出息！”周曳很不屑地睨她一眼，转过头看向徐璟，叹了口气，“真不知道你看上她什么了？”

徐璟接过周染偷偷摸摸递过来的眼神，有些无奈地笑了笑，然后帮着周曳把小柜子抬到房间里。

原本是周曳工作用的房间，现在临时被腾出来做婴儿房用，里边东西还没怎么收拾好，到处放着小孩子的玩具之类的东西，看上去有些乱。

两个人把柜子安置好，周曳坐在椅子上，又拉了把给徐璟：“想问什么，说吧。”

徐璟没忘记早上答应周染的任务，从兜里摸出烟盒，抽出一根递过去，周曳接过来，拦腰截断，丢进旁边的垃圾桶：“戒了，家里有孕妇。”

“其实我觉得我没有问的必要了。”徐璟想了想，把烟盒也丢进垃圾桶。

“你不说我也知道你想说什么，”周曳抹了把后颈，后仰着扯了扯嘴角，“染染让你找我的吧？”

徐璟不置可否。

“我就是怕祝禾会这么想，这些小姑娘心思都太多了，”周曳叹了口气，承认，“对，以前是有点不太想结婚这件事。”

“我这个人做事一向喜欢万无一失，不喜欢计划之外的变动，所以老实讲，我原本的确没想过结婚生小孩，至少暂时不在我的规划内，连当初和祝禾在一起，都是我规划以外的变动，我以前也以为，这种变动会让我困扰。”

“但是，徐璟，”他低头习惯性想拿烟，摸了个空，又收回手，“真的不一样，跟她确定关系以后我并没有觉得不习惯，甚至反倒觉得生活比以前多了很多人气。我陪祝禾去医院，得知那个小生命的存在的时候，”他笑了笑，“什么狗屁冷静理智，全都没了，只剩满心的惊喜，满脑子都是那个没出世的小豆丁，他会不会折腾我家姑娘，他以后出生会是什么样子，会在什么时候喊我爸爸……只想把全世界最好的东西都给这娘俩搬过来！

“那一刻，突然真真实实地感知到，我真的栽她手上了。

“真的，命都愿意给她。”

徐璟还是第一次听周曳在他面前毫不掩饰情绪地说这么多话。

“我跟她说要带她回家见我爸妈的时候，也怕她觉得我是因为她怀孕不得已才承担起这份责任，去考虑结婚。但是其实这只不过是早晚的问题，从答应和她在一起，她和有关她的一切就已经在我未来的规划里了，那时候没有想结婚，但是想到结婚，除了她也绝对不会是别人。这跟有没有这个小孩没有一点关系。

“徐璟我问你，如果你不喜欢或者不够喜欢一个姑娘，但是她告诉你她怀孕了，你觉得你的困扰多一些还是喜悦多一些？”

徐璟没想到话题突然到自己身上，但还是回答得实诚：“如果我不喜欢，那她不可能怀孕。”

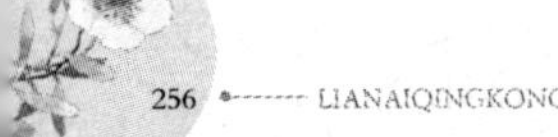

周曳笑，拍了拍他的肩膀：“所以说，我也只会是因为爱她才会爱这个小家伙，而不可能因为这个小家伙，才去爱她。”

说完，他又觉得自己太矫情，止住这个话题：“算了算了，你又没小孩，跟你说了你也不懂。”

徐璟：“……”

门外。

周染贴着门直起身子，扭过头看了眼身边的祝禾：“哎，这就哭了？哎，我就跟你说你是在胡思乱想吧！周曳这人你还不了解？他要真不喜欢你，就算你拿刀架他脖子上，他都不会跟你在一起！更别说会有我小侄子！”

被安慰了的祝禾破涕为笑。

“好啦好啦，孕妇情绪波动比较大，我懂的，我懂的！”周染抱了抱她，“我跟你说，周曳脾气好着呢，你可劲儿撒泼打滚，多替我折腾折腾这家伙，他以前没少欺负我！”

话音刚落，身后房门“吱呀”一声被打开。

“周小染出息了啊，当着我家小孩的面就说我坏话！”周曳笑着瞪她，长臂一展将祝禾轻轻揽在怀里，低头亲了亲祝禾的额头，语气温柔，“哭什么？成天胡思乱想些什么呢？有什么话不能当面问我？傻不傻？”

周染冲徐璟使眼色：“啧啧啧，看看看看，这差别对待！”

“周小染，”周曳回过头看她，要笑不笑，“你想好啊，晚上不跟我一起回去？”

“我不……”

“伸头也是一刀，缩头也是一刀！”周曳继续鼓动，“你跟我一起，我们四个人还能分担一下老周的火力，你也正好陪陪祝禾，共患难嘛不是？”

说得好像也有点道理。

周染看向徐璟：“一……一起去？”

徐璟挑眉：“求之不得。”

02.

老周亲自下厨张罗了一桌子菜，结果在开门看到拎着大包小包的四个人时，结结实实一怔。

他也还是热情地将人请了进来，热情招呼。

然而，在听完周曳的介绍以后，周爸爸和周妈妈对视一眼，瞬间变了脸色。

“怀孕？”

周妈妈看了看祝禾，碍着人小姑娘的面到底不好多说，别过头狠狠剜了周曳一眼，压低了声音：“你别胡闹啊！”

前几天她还给自己单身多年的儿子处处张罗着相亲，就这么几天工夫，他突然就带回来个所谓的女朋友，这也就算了，现在还告诉她，他们连小孩都已经在肚子里了。

周爸爸沉默着一言不发，捏了一根烟出来，犹豫片刻，又放回去。

气氛突然陷入凝滞。

祝禾莫名就紧张起来，周曳攥住她的手："没事，别怕。"

"爸妈——"他抬头看向坐在对面的两个人，又气又笑，"不是，你们这是个什么表情？不是你们催着我结婚生子的吗？现在媳妇孙子都给带回来，你们就这样？这是要做爷爷奶奶了该有的反应吗？"

周染接收到周曳的眼神，也往老周跟前又蹭了蹭，撒娇："爸！你们……"

"闭嘴！"老周冷哼一声，看了眼徐璟，然后戳着她的脑袋，"你的账还没算呢！交男朋友多久了，还打算瞒着我们多久？"

周染默默地闭了嘴，还是不往枪口上撞了，慢吞吞地挪回徐璟身边坐着。

祝禾见状，放下手中的杯子，往前坐了坐："叔叔阿姨……"

"姑娘，"老周叹了口气，把水果往她面前推了推，语气温和，"你别怕，这事跟你没关系，叔叔阿姨也没别的意思，周曳要真跟你在一起了，那我们举双手双脚赞同！不过这家伙不靠谱，我们自己心里有数。"

周妈妈也点头，末了转身捶了周曳一下："你跟我过来！"

"妈！"周曳被拉着往外走，回头看了眼祝禾，给了她一个安慰的眼神。

阳台上，周染和徐璟的两条二哈正专心逗着小狗崽，一窝狗子其乐融融。

人不如狗系列。

周曳突然有点羡慕这帮家伙了。

“妈！”周曳停下来，“是，这事我没提前告诉你们，是我做得不对，今天这不是特意回来跟您说了吗？您有什么不满意的地方，私下里跟我说，祝禾惦记着晚上这顿饭紧张了一整天，过来你们就这种态度，让人小姑娘心里多不好受是不是？”

周妈妈气呼呼地说：“你也知道人一小姑娘，大过年的你不放人回家去，还非得拖着人家回来跟你瞎折腾，周曳你这两年坏毛病越来越多了啊！”

“怎么就坏……”

“装，你继续装吧！你把我跟你爸爸当傻子逗呢是不是？你以为我们不知道，你们年轻人现在为了应付长辈，玩什么租男女朋友那一招！周曳你可以啊，哄得人家小姑娘连怀孕这事都编得出来！”

“租人？”周曳气笑了，耙了把头发，无语道，“老陈同志，敢情在您和老周眼里，您儿子是有多没市场啊？都已经沦落到需要租女朋友回家过年的地步了？”

“那说不好，你为了逃避相亲，什么事做不出来！”

周曳觉得就冲爸妈对他的这印象，这事儿他没法解释了。

“所以，真是你女朋友？”周妈妈见儿子一脸无语的样子，忍不住有点动摇了，“真怀孕了？”

“早知道我过来的时候把孕检报告给您带上！”周曳没好气道，“哦，对，我这里有医生的电话，您要不然打电话问问？”

嘿！

周妈妈当下表情就变了，那意外惊喜一点点涌上来：“儿子，我真的要抱孙子了？”

“本来是的，”周曳冷哼一声，“但是就冲您和我爸今天这个态度，您儿媳妇愿不愿意嫁过来，还真说不好了！”

周妈妈喜出望外也懒得跟他计较，扭头就往客厅走。

周曳又气又好笑，跟着回去。

果不然，周爸爸跟周妈妈想法一模一样，这会儿还压低了声音在问祝禾：“姑娘，你别怕，你跟叔叔说说，我儿子给了你多少钱让你陪他回来演这出戏？这不怪你，我这儿子啊，从小就是一肚子坏水，你别怕他，有什么事叔叔给你做主……”

“老周！”周妈妈过去嗔怪着打断他，“哎呀，你这老糊涂，跟儿媳妇说的这都是什么话！”

周爸爸闻言一愣，看向自家老婆，又看了看周曳。

对上老爸不可置信的眼神，周曳没好气地点了点头。

周妈妈笑呵呵地转头去拉祝禾的手，不好意思道：“小禾吧，哎你说多好的姑娘啊！小禾别见怪，我们没别的意思，也没对你有不满，就是被周曳这浑蛋小子欺骗多了，怕你也是被他骗来的，这家伙坏主意多着呢！”

祝禾终于明白之前周爸爸说的“出多少钱让你陪他回来演戏”，顿时有些哭笑不得。

果然是亲生的！

一场乌龙总算过去。

老周家不仅有了儿媳妇，还多了个即将出世的小孙子，老周沉浸在准爷爷的喜悦里，又钻进厨房倒腾了好几个菜，一整晚笑呵呵的，连酒都多喝了几杯。

六个人坐在一桌，热热闹闹地吃了顿饭。

晚上和老哥几个相互电话拜年，老周都不忘要显摆一下他儿媳女婿齐全马上要抱孙子了，嘚瑟了好一阵……

周妈妈整晚把祝禾当宝贝似的，一点活儿都不让她做，拉着她从周曳的糗事一直聊到育儿经，倒是把周曳和徐璟发配到厨房去洗碗了。

“傻小子终于开窍了！”老周感叹。

“可不是，”周妈妈附和，“之前我一直都担心这家伙这辈子要打光棍了！哎，我明天得去庙里还个愿。”然后转头招呼，“小禾你跟阿姨……啊呸，你跟妈一起去！算了算了，那全是台阶，你别去了，在家好好待着，有什么想吃的想玩的就使唤周曳，可别让他轻松了！”

周妈妈的心操不完："还有，咱还得找个时间去咱亲家那儿提亲呀，你看周曳这孩子不提前跟我们说，这事儿挤到一堆显得咱多被动，我到时候还得跟你爸妈好好赔个不是！他们要是想动手撒撒气，撸起袖子随便揍，打坏了算我的！"

周曳刚好从厨房里出来，听到这句话，忍不住发出来自灵魂的拷问："我到底是怎么平安长到这么大的？"

祝禾整晚嘴就没停下来过，不是在笑就是在吃，进门时的紧张忐忑不安全然消散，一双亮晶晶的眼睛和周曳隔空对上，彼此温暖一笑。

电视里，正热热闹闹地播着春晚的小品节目，搞笑处，大家迸发出一阵笑声。

周染坐在沙发上，左手牵着徐璟，身体往右斜斜倚在妈妈身上。

阳台上，两条二哈带着一窝小狗崽正忙着开始拆狗窝。

她看着看着，满足地笑了。

03.

更让人惊喜的是，天空毫无预兆地下起了雪，纷纷扬扬积了薄薄一层。

周爸爸喝得有点多，早早回房睡了。

周曳和徐璟扛着烟花下楼，准备在十二点的时候应个景。祝禾喜欢热闹，裹了件周曳的大衣，裹得严严实实地跟了下去。

客厅里只剩下周染和妈妈。

“终于称心如意了？”周妈妈笑着替怀里的姑娘理一理头发，“好不容易在一起了。”

“嗯？”周染舒服地眯了眯眼睛。

“惦记了五六年了吧？”周妈妈拍了拍一脸满足的女儿，怜惜之情不断往外涌，“傻姑娘，你以为妈只是想急着把你嫁出去？还是你觉得，相亲那天，随随便便一个男人闯进来跟我说喜欢我家闺女儿，我都会同意他跟你在一起？”

“您知道我跟徐璟——”周染后知后觉地反应过来。

“你床头柜里那张破证件照放了这么多年，当你妈瞎还是傻啊！一个能把钱包当垃圾丢的人，偏偏宝贝似的珍藏那张旧照片，没猫腻才怪。

“你上大学的时候他送你回来过，给你买东西，你这丫头，从小到大，感情方面拎得清，只有自己喜欢的，才允许对方跨过你的安全线，我记得他呢！”

周染弯了弯嘴角，没说话。

“我家姑娘虽然说不上沉鱼落雁、倾国倾城，但也绝对不差，这几年也没少人追，可是你呢，只要发现对方动了这方面的心思，立马跟人划清界限。

“哪个当妈的舍得早早把女儿嫁出去？我跟你爸爸催你结婚给

你安排相亲，也只不过是因为心里没底，怕你一根筋在一棵树上吊死钻死胡同里出不来，只是想让你去看看别的人，也试着跟其他男孩子打打交道。”

“妈！”

“你是个死脑筋，好在小璟也是个好孩子，我跟他聊过这几年的事情，看得出来，他也确实把你放在心上。妈妈不知道你们以前有过什么误会。我老了，也掺和不进去你们年轻人的这些事。”周妈妈握了握她的手，语重心长，“总之，在一起难免会有磕磕碰碰，你们既然折腾了这么久最后还是选择了对方，以后就要记住以前的那些不容易，珍惜彼此，好好在一起。”

周染鼻子泛酸，像小猫似的“嗯”了一声，把脑袋又往妈妈怀里钻了钻。

临近十二点。

楼下已经有心急的人点燃了烟花，光芒四起，夜空被映得一片绚烂。

周染趴在阳台上，还隐约听得到楼下周曳和祝禾的笑闹声。

徐璟从楼下上来，看见阳台上的人影，心里柔软一片，顺手拎起沙发上的外套帮她披上，俯身将人拥在怀里，攥着她的手，下巴抵在她肩膀上：“冷不冷？”

“不冷。”周染回过头看她，眼底一片柔软，“徐璟……”

“嗯？”

他的声音性感又充满安全感，回想过去这一年，周染觉得感慨又庆幸。

“如果你没回国，也没有再跟我遇见，会怎么样呢？”

他低头笑了笑，握着她的手稍稍加大了点力度，下巴抵在她脑袋上，语气平淡又坚定：“不可能。”

只要还有牵绊，就不可能分开。

他也曾误会她的感情，出国的那年也觉得自己会彻底死心，后来在异国辗转，才发现每一秒都度日如年。

越是难熬，越是记恨，越是放不下。

他告诉自己，算了，再晚一点，等她到二十八岁就彻底死心。

后来撑不住了，他又告诉自己，等到二十八岁那年，如果她还没结婚，他就回来，哪怕强取豪夺不择手段，也要把她的名字写到自家户口本上。

可是，向来以自律出名的他，还没等到二十八岁，就实在忍不住回了国。

非她不可。一次又一次地打破底线，即便过了十年，还会有下一个十年，下下个十年，等到二十八岁，大概还会有三十八岁，四十八岁……

只是遗憾，年少时别扭矜持的骄傲，白白错失了本该在一起的几年。好在兜兜转转，为时不晚，尚且来得及。

电视机里的春晚接近尾声，主持人和观众齐声倒数：

“……五，四，三，二，一。”

十二点的钟声敲响，混杂着四周的阵阵烟花声。

新的一年开始。

周染回过头，从兜里摸出一个红包，递到他手里，牵着嘴角，眉眼弯弯：“徐璟，新年快乐。”

“周染，新年快乐。”

她低头，也看见他递过来的红包。

两个人相视一笑，他将人揽进怀里，低头在她额头上落下一吻：

“新的一年，我更爱你。”

（全文完）

LIANAI
QINGKONG
YIWANLI

/

十八岁那年心动的少年

2014年。

徐璟遇到周染。

开学第一天的英语课，上百人的大教室。

他去得晚了，只剩下前排最左侧的一个座位，没得挑，随手拎着书走过去，迈开长腿坐进去的前一秒钟，一个姑娘手忙脚乱地从前门冲进来，头也没抬，像个小炮仗似的，一头撞上他的胸膛，课本和夹在中间的漫画书掉了一地。

他无意中瞥到扉页的姓名。

周染。

他俯身帮她捡起来，递过去，撞上一双漆黑漂亮的眼睛，她红着耳尖，慌慌张张地点头道歉："对不起啊。"

然后，他鬼使神差地搭了句蠢话："你叫什么名字？"

她怔了下，老老实实地回：“周染。”

……

那节课，他那最后一个位置让给了她，自己跟室友挤在后一排，盯着她的后脑勺走了一整节课的神。

他想，原来，真的会有小兔子一头撞到树桩上。

那天下午，他正式拒绝了对他有好感已经很久想约他一起出去玩的女生。

2015年。

周染第一次听到徐璟的告白。

她拿着他的手机看完最新一场方程式车赛，偷偷在浏览器上搜索比赛要求和资格，看着当地的车赛报名时间和相关信息。

他跟一帮同学在喝酒，一堆人嬉闹完往回走，他带着几分酒气屈指弹了下她的脑门儿，笑着说：“染染，毕业后娶你好不好？”

她的心重重一跳，仰头去看他那染了桃红的双眼，他的眼底星光一片，手机就这么从手中滑落，屏幕磕到地上碎成蜘蛛网。

他俯身去捡拾之际，她听见身后那帮同学吵吵闹闹的声音里，夹杂着“真心话”“大冒险”的字眼。

他站起，执着地想等一个答案。

她装作漫不经心地一笑，晃了晃他的手机，不动声色地转移了话题：“明天跟你去换个屏。”

她不知道，他的真心话，被她当成了大冒险。

2016年。

徐璟答应辅导员参加交换生计划，连夜飞往国外。

他追了两年的姑娘，始终没松口，一转头，却跟和自己合租的室友传出了在一起的消息。

傅泽琪拿着粉红色的包装礼物，在他面前炫耀，说是女朋友送的。

他和周染的距离逐渐越来越远。

暑假前聚餐的晚上，他打算去跟她好好聊聊，最后一次挑明心意。

结果看见她披着傅泽琪的衣服，半靠在傅泽琪怀里。

两个人一起上了车。

他订了机票，在生日前夕飞往国外。

也是这一年，周染成功拿到了赛车资格，参加了当地的小规模车赛。

她不知道，托傅泽琪转交给徐璟的所有礼物和早餐，全都被他私吞。

也不知道，在她很少出现在学校的这段时间里，她“被”恋爱了。

跟一个口口声声说会帮她追徐璟的朋友。

准备给徐璟的惊喜车赛出了事故。

她被送进急救室，在手术台上躺了八个小时。

与此同时，心心念念的那个人已经在千万公里之外。

2017年。

周染重伤初愈。

她想尽办法从周曳的小助理手里骗来了电话，拨通了熟悉的十一位数字。

电话接通不足二十秒。

来给她打针的女护士还没碰到她的皮肤，她突然毫无征兆地“哇”的一声哭了出来。

吓了人家一跳。

周曳气得跳脚，将人家小姑娘骂了个狗血淋头。

2018年。

徐璟受到教授和顶级上司的器重。

事业处于绝对上升期。

他却突然主动请辞，选择转岗，回国接任刚刚起步的分公司。

他养了一条她一直想养的二哈，随随便便取了个名，叫狗子。

在很长一段时间里，他没敢打探她的感情状况。

2019年。

周染和徐璟重逢。

在他的婚礼上，现场浪漫又漂亮。

新娘子是她不认识的外国女孩子。

金发碧眼，落落大方，笑得温柔。

婚礼之后，所有人吵着闹洞房。

她一个人蹲在走廊上，哭成狗。

……

周染睁开眼睛，还摸到眼角的湿润，她打了个哭嗝，翻过身，手脚并用像只八爪鱼似的抱住身边人，声音哽咽：“徐璟，我做噩梦了。”

“傻不傻？”他睡得迷迷糊糊，本能地伸手将她往身边捞了些，用力抱紧，低头吻掉她的眼泪，声音温柔沙哑，“多大的人了，做梦还哭！”

她又觉得有点好笑，抱着他吧唧亲了一口。

“睡吧，老婆，”他把她的脑袋揽在自己胸口，“明天早上起来给你煮酒酿圆子。”

“好。”

差那么一点点，在命运的交叉点上，如果我们都没能多前进一步，可能真的就错过了。

所幸，十八岁那年心动的少年，二十八岁这年尚能同我共眠。

久别重逢，失而复得，虚惊一场。

LIANAI
QINGKONG
YIWANLI

如果你不拒绝，那我就要变成你的小尾巴了哦

祝禾从小生得软软糯糯，唇红齿白，细胳膊细腿的，看上去比同龄的小孩子都要小很多，经常被人逗，当然，也少不了被同龄的熊孩子欺负。

比如——

幼儿园的时候，隔壁的小胖墩跟她玩，不小心一屁股下去，就把她胳膊压骨折了。

所以，在别的女孩子都玩芭比娃娃的时候，祝禾抱着一堆变形金刚和机器人，立志要成为一个威风凛凛的大魔王。

跆拳道，散打，篮球，蹦极，攀岩，赛车。

硬生生把一米六的小萝莉活成了气场两米八的硬汉。

认识她的人都知道，这小姑娘软萌的外表下，住着徒手撕壮汉的强势灵魂。

所以，最开始对她还有点想法的男生，最后都折服在了她的赛车时速和惊人胆量下，要么磕磕绊绊成了她的小徒弟，要么跟她击掌拍肩成了好兄弟。

她没有活成大哥的女人，反而活成了女人里的大哥。

祝禾万万没想到，时隔多年，她的少女心重新复活了——

那天，她在山顶新开的赛道上，刚跑完车，抱着只粉白色的头盔从车上下来，一歪脑袋就看见不远处的男人。

长手长脚，身形高挑，五官分明又清冷，正侧头跟他身边的人说话，大概讲到什么有意思的点，他挑了挑嘴角，笑得矜贵又恣意。

她没来由地突然有了点吹个流氓哨的冲动，于是，也真的这么做了。

他看过来，四目相对。

不知道是不是她的目光太过炽热，他迎上她的眼神，偏了偏头，逗她："小妹妹，谈个恋爱吗？"

很明显的调侃玩笑意味。

放到以往，她反手就能打爆他的头。

也不知道是不是刚跑完车，剧烈的心跳还没平复的缘故，她鬼使神差地就学着他的样子笑了下，然后把头盔像抛绣球一样，丢到他怀里，心血来潮应了句："好啊。"

他没怎么在意只当多交了个车友，她也没怎么走心只当惊鸿一瞥。

但两个人也算是有了交集，偶尔能一起约顿饭，发现口味意外地合拍，再有空隙的时候，也一起看场球赛，又意外发现喜欢同一支球队和同一个球星，有休息的时候也顺便一起约两把游戏，难得的是配合默契所向披靡。

祝禾慢慢发现，他看似粗糙又冷漠，其实格外温柔、细致。

他会留意到她讨厌的调味料，帮她点外卖的时候，总会多加句备注；出差的时候，他会顺手给她带小女生喜欢的明星签名照和手工糖；游戏里，他总是下意识地挡在她前边……

他们的相处恋人未满，友达以上。

她不希望做主动的那一个，却迟迟没等到他的主动，逐渐心生焦灼。

情人节那天，她约了朋友去赛场跑车，他正好空出来一天，跟着她一起去了。

下午那场，她突然心血来潮要载他一起。

周曳没把这点车速往眼里放，结果跑到一半，他撑不住高速行驶带来的失重和眩晕感，一米八的大男人从车上下来吐了个天昏地暗，等吐完了抬头问她的却是“你没事吧”。

后来聊起赛车，他无奈又宠溺地捏了捏她的耳垂：“小姑娘，你上赛道的时候都不会害怕的吗？”

她察觉到自己心底最开始种下的那一丁点小心思，像是在瞬间轰然长大，把她心脏挤得要爆炸。

她没回答他的问题，一把钩住他的脖子，两个人鼻尖贴着鼻尖。

他拒绝了。

她不死心，男未婚女未嫁，凭什么不能争取一个拿下他的机会？

她继续追，想方设法，像个小女生一样给他煮饭给他打电话发微信，化过软妹妆，穿过小裙子。可惜的是，她实在没什么追人的经验，逼得急了的时候，还强吻过他。

明明很清楚地听到了他的心跳声，看见他耳朵红了一点。

可是，他死不松口。

理由是，忙于工作，不想耽误她。

最生气的时候，她也跟他冷战过。

结果还是自己先忍不住，电话打过去的时候，却从助理那里得知，他被竞争对手背地里使了下三烂手段，受了伤。

她是个暴脾气，冲过去没见到周曳，被几个狗腿子嘲讽了几句，她一冲动就跟人动了手，对方挂了彩，她也擦破了点皮。

结果在医院被周曳劈头盖脸训了一顿，也是第一次红着眼跟她说了狠话。

那是两个人吵得最凶的一次，谁也不肯道歉。

她趁他出门抽烟的工夫一个人回了改装店，事实证明，人倒霉了喝凉水都塞牙缝，打雷闪电大暴雨，不知道哪里线路出了问题，店里全部断电，手上扎了玻璃的地方绷带松开，火烧火燎地疼，她在工作群里刚发了句断电的消息，求助的话还没打完，手机没电自动关机。

没人往心里去，所有人都觉得，停个电而已，气场两米八的祝禾祝大哥，是不怕的。

只有周曳，开着车一路跑过来，打着手电筒帮她处理了伤口，明明气得眼红，手下动作却温柔得不像话。

那天晚上他不肯跟她说话，却陪她到睡着。

他见过她徒手跟人打架的场面，见过她一个人在野外疾驰的时候，也见过她撒泼卖萌打滚的样子。

她明明那么嚣张强韧，他却忍不住依旧把她当成小姑娘。

他纵着她追在他屁股后边闹腾，纵着她为非作歹，恃宠而骄。

他比谁都清楚，他早在她认真之前就动了心。

所以，祝禾也是看准了这一点，穷追不舍，撒泼耍赖，非得拿下他。

遇到他之后，大魔王变成了嘤嘤怪。

如果你不拒绝，那我就要变成你的小尾巴了哦。

想永远黏在你屁股后边，做个肩不能扛手不能提的幼稚鬼。

本书由森木岛屿委托长沙大鱼文化传媒有限公司正式授权上海文化出版社，在中国大陆地区独家出版中文简体版本。未经书面同意，本书的任何部分不得以图表、电子、影印、缩拍、录音和其他任何手段进行复制和转载，违者必究。

大鱼文化&小花阅读

面向全国招聘兼职签约作者

长期有效哦！

大鱼文化是中国一线青春文学图书策划公司，多年来与数十家国内出版社深度合作，每年向市场推出三百余个品种的青春类畅销图书，每年签约推出新人作者近百名。

其中公司子品牌“小花阅读”立足传统纸质出版，引导青年休闲阅读风向，主力打造和发掘新人创作者，采用编辑指导创作模式，创作出适合市场的优质阅读产品。

现面向全国各高校招聘兼职新作者。

我们的工作说明：

还未毕业？有其他正式工作？看清楚了，我们这次招的就是兼职！

从未有过发表史？国内一线青春编辑亲自教你点滴成文！

想要出版一本属于自己的图书？国内一线出版公司专业签约护航！

想要一份收入稳定岁月静好的兼职工作？做做白日梦写写小说最适合不过。

兼职的要求及待遇：

年龄不限，学历不限；爱看小说，想要创作。

每天只要 2~3 个小时，日过稿只要三千字，宅在室内，风雨不惊，月兼职收入不低于三千元！

我们需求的题材 | 清新恋爱，青春校园，都市言情，甜宠萌文，古风言情，悬疑推理，奇幻武侠，科幻冒险……

应聘的流程：

1. 上网下载一份标准简历模版，按自己的真实情况填写。

2. 自行构思一个自己最想创作的长篇故事内容，撰写三百字内容简介，将故事分为 12~20 个章节，每个章节用 100 字以内说明本节讲述的主要情节（内容简介和章节内容加起来不超过 2000 字）。

3. 将上述内容用 WORD 文档整理好，格式清楚，一起发送到以下邮箱：dayuxiaohua@sina.com （两周内百分之百回复，如两周内未收到回复则可视为发送途中邮件丢失，可再次投递）。

4. 简历和创作大纲如有合作可能，公司将于两周内派出专业编辑一对一联系，进行下一步沟通，指导创作、签约等流程。如暂时不符合合作条件，则可再次努力。

5. 一经签约，作品将按国家出版规定签订标准出版合同，成为正式出版物，所有程序遵守国家法律法规要求。

其他说明：

了解大鱼文化图书产品风格类型，有助于提高签约成功率。

了解途径：

公司产品广布于全国各大新华书店青春文学专架、全国各大网络书城、淘宝大鱼文化图书专营店及各大天猫书店

微信公众号**“大鱼文学”**和**“大鱼小花阅读”**均有签约作者作品试读。

关注新浪微博官方号“大鱼文学”，有每月产品即时消息发布。

图书在版编目（CIP）数据
恋爱晴空一万里 / 森木岛屿著 . -- 上海 : 上海文化出版社 , 2019.9
ISBN 978-7-5535-1673-8
Ⅰ . ①恋… Ⅱ . ①森… Ⅲ . ①长篇小说 - 中国 - 当代Ⅳ . ① I247.5
中国版本图书馆 CIP 数据核字 (2019) 第 138861 号

责任编辑　蔡美凤
特约编辑　雪　人　娄　薇
装帧设计　刘　艳　西　楼
封面绘制　蛋壳儿
印务监制　周仲智
责任校对　周　萍

恋爱晴空一万里
森木岛屿　著

出　版　上海文化出版社
出　品　上海故事会文化传媒有限公司
（200020 上海市绍兴路 74 号　www.storychina.cn）
发　行　上海文艺出版社发行中心
（上海市绍兴路 50 号）
印　刷　长沙鸿发印务实业有限公司
开　本　880×1230　1/32　印　张　9.125
版　次　2019 年 10 月第 1 版　印　次　2019 年 10 月第 1 次印刷
书　号　ISBN 978-7-5535-1673-8/I.654
定　价　36.80 元

版权所有　翻印必究

上海故事会文化传媒有限公司　出品（00885）www.storychina.cn

本书如有印装问题，请与印刷厂联系调换。联系电话：0731-82755298